AF508928

SOMBRIO

DIAS DE TREVAS

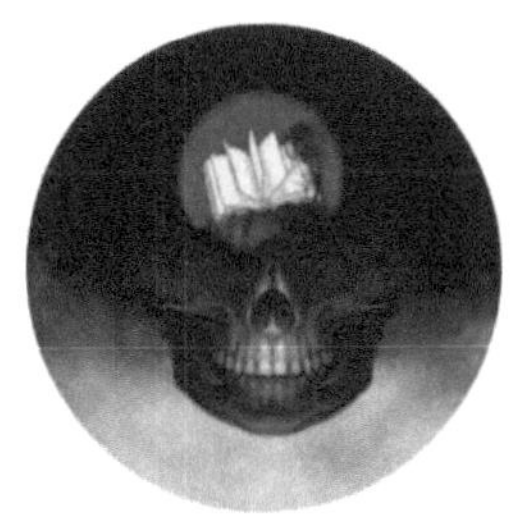

R. W. MARQUES

SUMÁRIO

CAPÍTULO 1 PRESSÁGIO — 6

CAPÍTULO 2 MENSAGEIRO — 10

CAPÍTULO 3 SOBRENATURAL — 21

CAPÍTULO 4 O FESTIVAL — 29

CAPÍTULO 5 O CAIR DAS TREVAS — 32

CAPÍTULO 6 FUGA — 38

CAPÍTULO 7 DESESPERO — 46

CAPÍTULO 8 FACE A FACE COM A MORTE — 49

CAPÍTULO 9 RESGATE — 53

CAPÍTULO 10 PROFECIA: OS FILHOS DA LUZ — 66

CAPÍTULO 11 NOVO ÉDEN — 81

CAPÍTULO 12 ACEITANDO O CHAMADO — 84

CAPÍTULO 13 HERANÇA DOS ANJOS — 91

CAPÍTULO 14 ALASTOR, O DEMÔNIO DA VINGANÇA — 96

Sombrio, eu dedico, especialmente para Aninha e Gabi, meus elos singulares que sonharam comigo desde o início. Sem vocês eu não teria chegado até aqui. A Cibele, amiga e fã, que sempre me inspirou a escrever e dar o melhor de mim. A minha sobrinha Letícia, por me presentear com suas artes incríveis. Por fim, a toda corrente do bem, todos que acreditaram em meu talento.

Meu obrigado mais sincero!

CAPÍTULO 1 PRESSÁGIO

Domingo, 19 de abril.

Madrugada na capital pernambucana, a cidade estava em silêncio. Nuvens negras e densas cobriam todo o céu como um manto negro.

Acordo-me bruscamente, assustado. A camisa molhada de suor. Olho ao redor do quarto, a mesma escuridão de sempre. O barulho do ventilador, o vento, pareciam não aliviar a temperatura que repentinamente se eleva. A mente ainda confusa, as imagens parecem se diluir pouco a pouco. Novamente, o mesmo pesadelo. Primeiro as trevas, cobrindo tudo. Depois, os gritos de pavor ecoando pelas ruas, o caos total. Seres terríveis perseguindo a mim e a meus amigos. Pareciam mais demônios, saídos do pior pesadelo já imaginado por alguém. Uma grande torre, surgindo na parte antiga da cidade, mais precisamente no Marco Zero. No topo, uma mulher com asas negras, e de longos cabelos pretos que cobriam os olhos. Trazia em sua testa o desenho de um pentagrama. Havia uma expressão tremendamente diabólica. É como se todo mal, toda dor, toda agonia, se originassem dela. Abaixo da torre havia corpos ao chão.

A arquitetura macabra que se projetou, tinha uma aparência grotesca, só não mais do que aquela mulher. Apesar desse cenário tenebroso no pesadelo, eu não sentia medo. Talvez, pelo fato de não estar sozinho ao encarar a mulher demoníaca. Ao meu lado, minha melhor amiga, Júlia. Há algo de diferente em nós. Além de estarmos com vestimentas reluzentes, brancas e com traços dourados que talvez fossem armaduras, não sei ao certo, uma grande luz emanava de nossos corpos e tínhamos asas enormes. Em nosso olhar, uma expressão de bravura. Encaramos a mulher com desprezo, a mesma parecia se enfurecer com o desdém. Ela proferia algumas palavras, como injúrias em uma língua arcaica. A nossa presença crescia sobre a mulher. A luz emanada de nossos corpos ganhou uma intensidade crescente. Ela, com sua aparência maligna, liberava uma aura profundamente negra e tenebrosa. A mulher assustadora prepara-se para dar uma investida violenta. Dando um impulso brusco, a mesma se lança com suas garras em nossa direção. Tamanha é a violência, que a mesma salta, faz com que parte da torre venha a baixo. Ela ganha velocidade, cada vez mais rápido. Vem como uma flecha em direção ao alvo. Nós, porém, intensificamos ainda mais a luz emanada de nossos corpos, criando labaredas de puro fogo reluzente ao nosso redor. Ao abranger as asas, tomamos impulso e vamos de encontro à inimiga. O impacto do salto fez todo chão ser sacudido. Numa velocidade ainda maior que a dela. Logo, as duas grandes potências se chocam, criando uma forte explosão. Tudo vai pelos ares, há um enorme clarão. Agora, eu me acordo. Exatamente neste ponto. Esse pesadelo apesar de não ter sentido, parece muito real. O mesmo já se repete há sete noites seguidas. Sempre começando e terminando da mesma maneira.

Estava tão perdido em meus pensamentos, que mal vi o celular tocar. Naquela hora, só poderia ser uma pessoa.

— Oi! Sou eu...

O tom de sua voz está mais desanimador que das outras noites.

— Júlia, aconteceu de novo?

— Sim, novamente. Já é a sétima noite seguida, Rian. Eu já estou ficando assustada. Nem sei mais o que é dormir direito.

— Eu também não. — Concordo me levantando da cama e indo em direção à janela. Do outro lado da linha, Júlia também conduz a mesma ação.

— Os pesadelos sempre ocorrem no mesmo horário, às três da manhã.

— Às vezes, penso que isso é uma forma de aviso, Rian. Olha só para nossa cidade, ela é linda, não é?! Nem posso imaginar ela sendo tomada por aquele cenário horrível, igual a esse pesadelo medonho.

— É apenas mais um pesadelo sem sentido, como tantos outros que já tivemos. Penso que não seja um aviso. — Amenizo, apesar de que lá no íntimo, eu sinta o mesmo. Admirando a beleza da cidade às margens do Capibaribe, refletindo as palavras ditas por Júlia. De fato, seria lamentável ver nossa cidade mergulhada nas trevas e no caos.

— Estou ficando assustada com tudo isso. Mais que assustada, estou ficando com medo.

— Ju, fica tranquila. Ficaremos bem. Até parece que deixarei algo acontecer a você. Nem que o mundo acabe, estarei sempre ao seu lado.

— É, sei disso. Como eu estarei do seu.

— Então, deixamos isso de lado e dormimos.

— Está certo. Nós teremos um dia cheio logo mais. Beijo, até amanhã.

— Até, Júlia. — Apreensivo e pensativo com tudo isso que está acontecendo conosco, desligo o celular.

CAPÍTULO 2 MENSAGEIRO

O sol já dava os primeiros sinais no horizonte, a cidade iniciava sua rotina. O fluxo de pessoas nas ruas, de carros e ônibus. E os metrôs, já iniciaram suas viagens diárias para o centro e os demais pontos da região metropolitana.

Eu já estava pronto. Uma última conferida no que estava na mochila: livros da faculdade, fones de ouvido… certo, tudo aqui. Peguei carteira, celular, chaves da moto, os dois capacetes e me retirei do apartamento. O mesmo não era muito grande, o suficiente para duas pessoas. Somente eu e minha mãe, que no momento, estava ausente em viagem de trabalho. Hoje o dia está mais quente do que costuma estar. O que me fez optar por um visual básico; calças jeans, tênis na mesma cor azul das calças e uma camisa branca. Moramos em um dos prédios próximos ao parque central da cidade, Treze de maio.

Não me considero muito diferente dos jovens da minha idade. Tenho em torno de um metro e oitenta de altura, quanto ao físico, acredito que estou bem. Para manter o condicionamento, pratico há alguns anos, artes marciais. Até pensei em seguir carreira como atleta, porém, o gosto por tecnologia falou mais alto e decidi me dedicar mais aos estudos e me tornar um profissional dessa área. Estou no segundo período no curso de redes. Tenho também um gosto apurado pelas coisas do gênero de horror e do fantástico. Literatura, filmes e tudo que envolve esse universo me são fascinantes.

Ao chegar, à recepção do prédio, uma jovem de longos cabelos castanhos lisos, estatura mediana, branca e com olhos castanhos me aguardava. Ela usava também um visual básico; jeans, tênis e uma camiseta branca. Ao me ver, Júlia esboça um sorriso que retribuo ao me aproximar. Ela me abraça e beija a minha bochecha.

— Bom dia, Ju.

— Bom dia! — Diz ela pegando o outro capacete de minha mão, colocando-o enquanto caminhava para o estacionamento.

Júlia tem a mesma idade que eu, 17 anos. A diferença é que as datas de nossos aniversários ocorrem em meses diferentes. Eu de março, ela é de abril. Ambos, na mesma data, dia 15. Nossas histórias de vida são muito parecidas: filhos únicos e de mães divorciadas; Marta e Maria, grandes mulheres. Seguem o padrão das mães solos, trabalham muito e se dedicam aos filhos o máximo que podem. Mesmo estando ausentes a maior parte do tempo por conta do emprego, são nosso orgulho e maior exemplo.

Eu e Júlia somos amigos desde os cinco anos, se não me falha a memória. Desde então, não nos separamos. Ela com toda certeza é quem mais me conhece nessa vida. Segundo minha amiga, sou da mesma forma para ela. Combinamos em muita coisa, somos muito diferentes em outras. Mas de certo, somos iguais em uma coisa: no carinho e na certeza de que somos melhores amigos um do outro. Sempre nós apoiamos. Construímos laços afetivos muito fortes e verdadeiros.

Em nossa vida acadêmica, estudamos juntos a vida toda. Escolhemos também a mesma faculdade, porém Júlia faz psicologia, mesmo se interessando muito por tecnologia. Enfim, entre diferenças e afinidades, a minha certeza é que ter alguém como ela, para compartilhar essa vida, faz com que a jornada seja mais leve. Rodei a chave na ignição, ligando a moto. Esperei até ela subir. Saí devagar até pegar velocidade e partir para mais um dia.

...

Durante o trajeto para faculdade, a lembrança do pesadelo da noite passada veio forte. Senti calafrios, então coloquei as mãos em volta da cintura dele e o abracei forte. Sempre que tinha medo, corria para ele. Quando pequena, era muito sozinha. Foi assim por bastante tempo devido ao trabalho da minha mãe. Mudanças sempre foram constantes. Ter amigos era uma tarefa difícil. Ela fazia o que podia para me dar uma vida confortável. Como representante de vendas, viaja muito. É difícil parar em casa. Como filha única, de fato nunca me faltou nada. Sou grata a ela por isso.

Sempre senti falta de um amigo, de alguém que eu pudesse dividir as coisas. Foi quando nos mudamos para Recife e fomos morar no mesmo prédio que ele. Nós dois, na época, éramos bem novinhos, tínhamos uns 6 anos, eu acho. Desde que nos vimos pela primeira vez, já gostei dele. Rian sorriu e me perguntou se eu queria brincar. Aquele sorriso e o jeito dele me tirando para brincar, quebraram minha timidez.

Eu que me sentia sozinha, agora tinha de fato alguém para ser meu amigo. Desde aquele dia, não paramos mais de brincar juntos, e os laços foram se estreitando, fomos crescendo e não nos separamos mais.

O nosso elo sempre foi tão forte, que tem esse lance de sensitivos, de sentirmos as mesmas coisas. Se um adoecia, o outro também. Sentir quando não estamos bem. Posso jurar que às vezes, podemos ler os pensamentos um do outro, de tanto que ele compreende. Sempre foi uma ligação inexplicável. De fato, não posso imaginar a minha vida sem Rian por perto.

Depois da faculdade, decidimos comer algo no shopping. Tinha também que comprar alguns livros que estava precisando.

Nenhuma novidade no cardápio, o de sempre: um duplo cheddar com porção extra grande de batatas fritas. Fechando o trio, 500ml de refrigerante.

A praça de alimentação estava bem agitada. Não só por conta do horário de almoço, mas também por conta de uns promoters que estavam divulgando um festival de música que aconteceria no próximo domingo no parque Treze de maio.

— Nós devíamos ir. — Disse Rian saboreando mais um pedaço. — Tem cada banda massa. Um dos amigos da Aninha vai tocar com a banda dele. Nós ganhamos ingresso de graça. Vamos?

— Não é uma má ideia... acho mesmo que precisamos sair. Nossa rotina de estudo está intensa nesse período. Esses dias estranhos, os pesadelos... isso tem mexido muito conosco.

— Então, você diz que temos que esquecer esses pesadelos. Olha aí a oportunidade.

— Vamos sim!

— Perfeito! Vai ser arretado! Agora é só falar com a Aninha que ela consegue os ingressos.

— Então vou ligar agora e peço a ela para reservar o nosso. — Ao pegar o celular, notei uma mensagem de um número desconhecido. — Oxe, que estranho! Não conheço esse número.

— O que foi Júlia?

— Um SMS de um número desconhecido. Vou abrir e ver o que diz. — Ao fazê-lo, apenas uma mensagem em escrita vermelha: "As trevas estão chegando. O fim está próximo.". Ao ler isso, não pude evitar de deixar que uma expressão séria tomasse meu rosto.

— Que mensagem mais esquisita.

— Deixa-me ver.

— Olha isso Rian. É muito estranho.

— Provavelmente uma brincadeira de mal gosto.

— Mas eu não comentei nada sobre os nossos pesadelos. Você comentou?

— Não. Com ninguém.

— Rian, você acha… que podemos estar vivenciando uma extensão dos nossos pesadelos? Essa mensagem…

— Ei, não tem nada a ver. Fica tranquila.

— Será?

— Vai por mim, uma coisa não tem nada a ver com a outra.

Júlia se levanta dizendo:

— Vamos embora. É melhor.

— Você tem certeza?

— Sim. Vamos?

— Está bem. Vamos.

Na saída do Shopping, um homem velho, moribundo e com sinais fortes de embriaguez estava próximo à entrada. Andou estranhamente para nossa frente e, alterado, segurou meu braço, gritando:

— As trevas estão chegando. O fim está próximo.

— O que é isso? Está louco? Largue-me agora! — Assustada, tento me desvencilhar do homem empurrando-o, fazendo então com que caia mais à frente. Ele continuou gritando e chamando a atenção de todos ao redor.

— Estamos condenados! As trevas! Elas virão! Será o nosso fim!

Fico atônita, só queria me afastar dali o mais depressa possível. Vou caminhando de forma aleatória. O vexame da cena me deixou completamente desorientada, com raiva.

— Júlia, calma! Eu estou aqui. — Rian colocou seus braços em volta de meus ombros enquanto caminhamos para o estacionamento. Chegando à moto dele. Pensativa, abaixei a cabeça.

...

Na minha mente só havia confusão, tentava processar o que ocorreu. A mensagem, os pesadelos, esse homem louco. O que significava tudo isso? Teria alguma relação macabra?

Preocupado, percebendo o estado que estava, eu a trago para junto de mim, repousando-a sob meu peito. Ela estava trêmula.

— Ei Ju, calma, não se preocupe com nada disso. Aquele homem estava bêbado.

— Rian foi a mesma mensagem que recebemos. — Ela desaba no choro. — Não pode ser coincidência. Algo de muito estranho está acontecendo conosco. Será que você não percebe?

— Calma, tudo isso só foi coincidência. Esses pesadelos estão mexendo com o nosso psicológico. Quanto às mensagens, com toda certeza foi algum idiota querendo dar um susto.

— Não acredita que foi "coincidência" demais não?

— Olha, tudo tem uma explicação. Precisamos relaxar, ter um dia normal. Por que você não dorme lá em casa hoje? Será legal. Podemos pedir uma pizza, ver filmes, você escolhe. O que me diz?

— Pode ser... eu escolho, certo?

— Isso mesmo, você escolhe. Deixa de coisa! Vamos! Eu ainda te ajudo com teu trabalho.

— Sendo assim… fechado. Não esquece, eu escolho os filmes e a pizza.

— Certo, o que você quiser. Agora vamos embora daqui.

…

Apesar do acontecimento estranho, o restante do dia seguiu tranquilo. Fizemos o que tínhamos de fazer. Como prometido, eu ajudei Júlia a terminar seu trabalho.

— Rian, eu estou com muita fome! Termina logo com isso.

— Como é? Estou indo o mais rápido que posso!

— Não ache ruim! Você quem deu a ideia. Agora aguente!

Diz ela sorrindo. Eu também não seguro o riso.

— Pronto, finalizei.

— Muito bem, lerdo. Até que enfim, comida. Vem, senta na cama.

Sentei ao lado dela na cama, peguei uma fatia generosa da pizza de calabresa com bordas de catupiry e saboreei com gosto enquanto ela retirava também sua fatia.

— Massa! Realmente, essa é a melhor.

— É mesmo, porque claro, fui eu que escolhi!

Após saborearmos as pizzas, vimos uma sessão de filmes. Os melhores do gênero de comédia. Conversamos durante um bom tempo sobre muitas coisas; estudo, carreira, relembramos coisas de infância, romances nossos que não deram certo. Tivemos uma noite normal. Evitamos falar dos pesadelos e do que ocorreu mais cedo. Foi bom, porque já faz tempo que não tínhamos essa sensação de paz. A conversa fluiu tão bem que a hora voou e não percebemos. O sono chegou e deitamos na cama. Estávamos bem à vontade. Ela usava um baby-doll branco com rosa um pouco curto. Júlia tinha um corpo bonito. Pernas e coxas grossas, nada desproporcionais. Havia se tornado uma mulher linda. Impossível não reparar ou admirar. Sem notar, estava olhando para ela. Nem me dei conta que ela estava a me encarar.

Sorrindo, ela disse:

— Será que dá para você parar de olhar para minhas pernas?

— Quem disse que estou olhando? Vamos dormir. — Viro-me para a janela envergonhado.

— Ei, não precisa me dar as costas.

...

Ele usava apenas um calção desses de jogadores. Já ficamos assim mais à vontade, nunca tivemos problemas com isso. O tempo passou tão rápido, que nem parece que nós crescemos. Ele se tornou um moreno bonito. Seus olhos claros, seus cabelos pretos, combinam bem com o desenho do seu rosto. Ah, e esse sorriso dele... sempre me cativou. O que estou dizendo? Que pensamentos são esses?

De repente, a temperatura no quarto muda completamente. A atmosfera fica muito fria.

— Nossa, como a temperatura ficou fria de repente. Rian, fecha essa janela.

— Está certo. Caramba, realmente. — Ele se levantou e foi em direção à janela.

Enquanto Rian vai fechar a janela, de repente fixo meus olhos no computador como se algo me levasse a olhar para a tela. O mesmo parecia estar desligado. Entretanto, o dispositivo liga sozinho e a mesma mensagem do SMS aparece em letras grandes e vermelhas como sangue. Fico assustada, inerte. Não consigo dizer uma palavra.

...

Após fechar a janela, volto e olho para Júlia. Me preocupo ao vê-la parada olhando para o computador.

— Júlia, o que houve? — Ela apenas aponta para a tela.

Olho para a direção apontada e fico também impressionado com o que acabo de ver. Rapidamente me dirijo ao monitor e retiro da tomada, desligando o aparelho. Volto para a cama e Júlia me abraça forte.

— Júlia, você está tremendo. Fica calma. Buscarei água para você.

— Não! Fica aqui. Estou assustada... pelo amor de Deus, nem pense em sair de perto de mim.

— Calma, eu estou aqui. Vem cá. — Eu a trago para junto de mim, colocando em meu peito. E envolvendo-a completamente em meus braços enquanto acariciava seus cabelos.

— Rian, o que acontece conosco? O que significa tudo isso? Estamos como a Nancy em A Hora do Pesadelo. Meu Deus!

— Eu não sei, Júlia. Sinceramente não sei. Seja o que for, enfrentaremos juntos. Ainda bem que não temos um louco de garras afiadas e rosto queimado nos perseguindo.

— A figura daquela mulher e agora essas coisas me parecem um cenário muito pior. — Em silêncio, ali abraçados, eu fazia carícias em seus cabelos. Um tempo depois, ela adormeceu.

— Não se preocupe, Júlia. Não deixarei nada acontecer conosco. — Fiquei acordado por mais algumas horas. Continuei por um período de tempo velando o sono dela, depois, fui vencido pelo sono. Senti uma sensação terrível, tomar conta de mim. Como um presságio... de que algo muito ruim estava prestes a acontecer.

CAPÍTULO 3 SOBRENATURAL

Os dias passaram e os pesadelos pioraram. Com mais detalhes, luas de sangue, a cidade imersa em trevas profundas, pessoas desesperadas correndo perseguidas por demônios. A cidade estava mergulhada no caos. Uma onda de sangue e violência tomava conta de todos os lugares. A nossa rotina já começava a ser afetada.

 É dia de domingo, fui até a casa de Júlia, na tentativa de fazê-la sair um pouco. Ela morava no sexto andar e eu no oitavo. A minha noite foi horrível, não dormi nada.

Cheguei ao apartamento dela e toquei a campainha algumas vezes. Júlia demorou um pouco e abriu a porta. Sua expressão não estava das melhores. Mostrava-se visivelmente cansada.

— Desculpa a demora, eu estava no banho. Tive uma noite péssima. Não aguento mais esses malditos pesadelos.

Ela se joga no sofá.

— Então, sobre isso… porque não saímos um pouco? Vamos ao cinema, depois, nós podemos dar uma volta lá no Marco Zero.

— Poxa, Rian. Eu realmente não estou com ânimo para sair. Apesar que já faz dias que não faço nada de diferente. E comer algo decente então... principalmente. Dispensei até as meninas que queriam vir pra cá.

Caminho até o sofá e me sento ao lado dela.

— Olha só, confesso que também não estou animado. E tudo isso que está acontecendo me preocupa.

Ela me fitou por alguns instantes. Em silêncio, encostou a cabeça em meu ombro.

— Ah, Rian. Sinto falta da nossa vida onde nosso maior pesadelo eram as provas da faculdade.

— Verdade, Ju. Porém, é bom saber que não estou sozinho nessa.

— É ótimo contar com você, Rian. Que bom que temos um ao outro. Pensar em lidar com toda essa bizarrice sozinha... não sei se teria espírito para isso.

Ficamos um tempo em silêncio, refletindo sobre como tudo aquilo estava tomando uma proporção maior nos últimos dias. Foi quando ela se levantou e disse:

— Quer saber? Não vamos ficar aqui nessa negatividade! Você tem razão; temos que sair e fazer um dia nosso. Vou me trocar e saímos. Pode ser?

— Claro! — Vê-la animada me animou também. Não demorou muito e ela já voltou pronta.

Ela ficou linda no vestido que usava.

— Então, vai ficar aí parado? Vamos.

— Está bem, vamos!

...

Nosso dia seguiu tranquilo e realmente curtimos. Fomos ao cinema, comemos e por fim, encerramos dando uma volta na parte antiga da cidade. Realmente esquecemos por algumas horas, os pesadelos e os dias estranhos. Mesmo estando no local do cenário que ele ocorria. Procuramos focar no ambiente, nas pessoas, particularmente estava um belo fim de tarde. Aproveitamos aquele pôr do sol em silêncio.

Mais tarde, já no caminho de volta para casa, ela parou às margens do Capibaribe. De frente para os bancos que ficavam com vista para o rio. Ela sentou, eu em seguida. Ela encostou sua cabeça em meu ombro.

— Está uma noite linda, não é mesmo?

— Sim, é verdade, Ju.

— Obrigado por hoje, depois de tudo que passamos nos últimos dias, estava precisando de um dia assim, que me fizesse sentir normal novamente.

— Concordo com você. Esses dias foram estranhos e difíceis de lidar.

— Sim, tenho medo que isso se prolongue mais…

— Também penso nisso.

— Sabe de uma coisa, Rian? Tem um lado bom nisso tudo.

Ela vira para mim e me encara de um jeito diferente. Há um jeito carinhoso em seu olhar.

— É mesmo? O que poderia ser?

Ela sorrindo diz:

— Você!

— Eu?

— Sim! Não passar por isso sozinha. Acredito que eu já teria ficado louca. Ter você sempre ao meu lado, passando por tudo isso, fez toda diferença. Você é incrível nisso. Sempre dá um jeito de mostrar cuidado e proteção.

— Eu não ia querer ver você doida. — Digo sorrindo. Ela também sorriu. — Eu sou muito grato Ju, por ter você ao meu lado.

Por um segundo, nossos olhares se cruzam e ficamos em silêncio. Naquele instante, o tempo e tudo ao nosso redor parece ter parado. Em momentos como estes, sempre senti que meu elo com Júlia é de uma grandeza e de uma verdade, que transcendem palavras e tempo. Sempre tive essa sensação. O jeito que ela me olha parece até concordar comigo.

Ela sorriu, se levantou, me estendeu as mãos e disse:

— Acho bom irmos, né? Está ficando tarde.

— Sim — concordei segurando sua mão, atravessando a avenida em direção a nosso prédio.

...

Já são cerca de dez e meia da noite. Eu estava na sala, com uma boa xícara de café, tentando organizar a mente diante de tantas coisas que estavam acontecendo. Apesar do dia massa que tive com Júlia, uma frase que ela falou ficou martelando em minha mente.

E se esses pesadelos continuassem? Se a situação piorar vamos ter problemas. Teremos que recorrer à ajuda de um profissional na área. Outra coisa que me preocupa muito é que não estou conseguindo falar com minha mãe e Júlia também não consegue falar com Marta. Elas não costumam demorar tanto assim em viagens de trabalho.

Subitamente a atmosfera do apartamento começa a ficar fria. As luzes da sala ficam piscando, como se uma queda de energia fosse ocorrer. Senti algo estranho que me deixou em alerta. Foi como se alguém estivesse me observando. Sentado no sofá, fui me virando devagar na direção do corredor, me arrepiando ao fazê-lo. Ao virar totalmente, não vi ninguém. Mas aquela sensação não me abandonou. Levantei do sofá e quis averiguar mais de perto. De fato, não tinha ninguém. Porém, algo me paralisou. Escutei nitidamente sussurros vindo do meu quarto. Fui caminhando a passos lentos, já me preparando para o pior. Com o coração acelerado dei mais alguns passos. Cheguei na porta do meu quarto e não havia nada, então os sussurros cessaram.

Algo macabro ocorreu. Houve uma queda de energia e ouvi passos, como se fosse alguém saindo da cozinha. Nesse momento, meus olhos perplexos viram uma estranha figura como uma silhueta masculina profundamente negra saindo da cozinha e indo em direção à porta da sala, atravessando por completo sem abri-la. Minha mente estava em choque em uma mistura de medo e pavor. Meu celular tocou e eu corri para atender, só pensei em Júlia e eu estava certo.

— Júlia...

Antes que eu terminasse de falar, ela me disse desesperada, chorava na linha.

— Rian, pelo amor de Deus! Vem aqui agora. Aconteceu algo muito estranho e esquisito.

— Eu sei, Júlia. Eu vi aqui também.

— Meu Deus! Rian... que figura sinistra foi essa? Você também viu?

— Fica calma! Estou descendo agora.

Rapidamente abri a porta do apartamento e saí em disparada para o andar de baixo. Para o apartamento dela. Não demorei muito para chegar no corredor, ela estava em pé na porta do seu apartamento. Aproximei-me, e abracei forte. Ela tremia. Fiquei com ela um tempo assim, até ela se acalmar um pouco.

— Rian, agora estou com muito medo! Não quero ficar sozinha aqui.

— Você não vai. Vamos lá para casa. Qualquer coisa, pelo menos não estaremos sozinhos.

— Está certo, vou pegar minhas coisas e vamos.

— Tudo bem.

Entramos no apartamento e Julia foi no seu quarto pegou a mochila e foi colocando tudo que precisava. Ela foi rápida e logo saímos. Já na saída, as luzes voltaram a ficar piscando e de repente a luz faltou gerou em todo prédio. Ficamos paralisados. Ela segurou firme na minha mão, eu correspondi. Segurando firme, trazendo-a pra perto de mim. Trocamos olhares apreensivos. A temperatura caiu bruscamente. A visão mais assustadora da noite ocorreu. Ouvimos nitidamente vozes ecoando no corredor, como se fossem crianças cantando algo. Então ouvimos, uma canção, ou uma ciranda maligna ecoar pela escuridão do corredor naquelas vozes. A macabra visão nos foi revelada. Uma menina com vestidos pretos antigos e esvoaçantes passou lentamente pelo corredor, seus cabelos eram longos e desgrenhados. Sua pele pálida, dava um aspecto cadavérico. Seus olhos negros como aquela escuridão. Então ouvimos a pequena canção diabólica que dizia:

— "Eis que é chegada a hora! Que o medo e os horrores da noite sejam revelados a todos! A dor e agonia, lhe aguardam! haverá choro e desespero! "

Essa canção foi ecoando até ela atravessar todo o corredor. As luzes voltaram e ela desapareceu. Julia e eu sentamos e não sabíamos nem o que dizer. Estávamos em choque e com medo. A minha mente e creio que a dela também, tentavam processar o que acabamos de presenciar. Nossa vida estava virando um roteiro macabro de filmes de terror. E agora? O que iríamos fazer?

...

Desde daquela macabra experiência, com a menina do corredor. Passamos a dormir sempre juntos. A sala do meu apartamento virou nosso quarto. Não deixamos um ao outro sozinho. A Júlia praticamente se mudou para cá. Não conseguimos contactar nossas mães. Só recebemos uma mensagem através do nosso e-mail, de que iriam demorar, mais do que esperado. Celulares quase não tinham área, lá na cidade onde estavam. Ou seja, tínhamos que lidar, com toda a situação bizarra, sozinhos por enquanto. Vivíamos um cenário de terror. Por mais que tentássemos voltar à rotina normal, não estava sendo fácil.

CAPÍTULO 4 O FESTIVAL

Amanheceu um dia ensolarado, o domingo havia chegado. Infelizmente a beleza que se via lá fora, não representava o que se passava conosco no apartamento e no nosso íntimo. Chegou o dia do festival, dia de se reunir com a turma e curtir uma boa música. Talvez, é o que precisávamos para sair desse estado emocional péssimo que estávamos. Nossas vidas mudaram drasticamente nas últimas semanas. Estávamos cansados, mentes e corpos pesados. Um turbilhão de dúvidas, sentimentos ruins, uma angústia bagunçava minha cabeça e a do Rian. Aquele mal-estar, àquela sensação não me abandonava. E ele apesar de se manter forte o tempo todo para mim, bastava apenas nos olharmos, para saber o que se passava no íntimo de cada um Sei que ele não está bem Ele é assim. Desde pequenos, sempre preocupado em cuidar dos outros, que esquece dele às vezes. No momento palavras não são necessárias para expressar os sentimentos. Quando isso acontece, como agora, eu prefiro atitude, do que falar. Eu me aproximo dele e o abracei forte. Ele correspondeu o abraço me trazendo para perto, repousei sob o seu peito, lágrimas rolaram. Ele faz um leve afago em meu rosto. Eu o abraço mais forte.

— Eu estou com medo! Quase que sussurrando.

— Eu sei...

Eu deito no seu colo. Ele acaricia meus cabelos, isso sempre ajudava a me acalmar.

— Jú, eu sei que não tem sido fácil, mas eu estou aqui e estarei sempre. Não importa o que aconteça! Sempre estarei aqui ao seu lado. Aliás, tenho feito isso desde que nos entendemos por gente. Nada irá nos acontecer. Eu me levanto e olho fundo nos seus olhos e o abraço ainda mais forte!

— Eu também estou aqui pra você! Só quero que saiba disso.

— Eu sei Ju.

Naquele momento não cabia mais palavras, nos abraçamos e assim permanecemos por um bom tempo.

...

A cidade estava agitada por conta do festival. Parecia um dia comum de segunda-feira. Decidimos que o bom seria sair de casa. Respirar aquele ar. Estava de fato um domingo maravilhoso! Bonito e agradável de curtir. O parque treze de maio estava bem agitado. Chegamos ao palco principal montado no meio da praça. Havia barracas, quiosques por todos os lados, mas tudo de forma muito organizada. Para comida, havia uma espécie de praça de alimentação. Do lado oposto, barracas vendiam camisetas, acessórios, discos, coisas do gênero. Gente de todos os tipos, de várias tribos. Espalharam-se pelo local.

— Nós dois estávamos precisando disso aqui. De diversão, amigos, música, curtir um dia normal. Esquecer, dessa semana medonha.

— Rian, olha vamos esquecer tudo isso. Vamos curtir! Vai dar

tudo certo. Vamos ficar bem. Hoje vai ser um dia nosso. Vamos nos divertir! Disse esbanjando meu melhor sorriso. Ele sorriu de volta.

— Ver ele sorrindo novamente, me deixa mais aliviada e uma sensação de paz vai tomando conta do meu íntimo. Talvez, finalmente tudo voltaria ao normal.

— Vou comprar bebida para gente. Ele se retirou animado.

— Não demorou muito, ele voltou com as bebidas. E com ele, o pessoal. Ver todos reunidos me animou mais. Aninha, Luana, Mariana, Carla, Bruna, Pedro, Daniel, Nando, fomos curtir o festival.

CAPÍTULO 5 O CAIR DAS TREVAS

Algo, que adormecia no mais profundo sono de morte, iria despertar. Logo, o desespero iria tomar conta dos quatro cantos da cidade! A Ciranda da morte iria ecoar por todo lugar.

Aquela sensação terrível, agora tomava uma proporção maior no meu coração. Um medo inexplicável se apoderou do meu íntimo. Neste mesmo instante, olhei para o Rian. Ele parecia sentir o mesmo pesar. Trocamos, olhares, eu segurei firme na mão dele. Foi quando o fenômeno tenebroso ocorreu.

A luz do sol se apagou, como uma lâmpada queimada. O azul do céu desapareceu por completo! O dia virou noite. A escuridão surgiu como que por encanto. Todo lugar foi tomado pela escuridão. A banda parou de tocar. Algumas pessoas olhavam para o céu, na tentativa de entender o fenômeno. Mas, uma aura maligna e pesada pairava no ar.

Eu e Júlia não saímos de perto um do outro. Aninha, Carol, Mariana, Daniel, e Pedro, também se aproximaram e permaneceram ali. Fizeram a tentativa em vão de ligarem os refletores, luz não se viu e todas as lâmpadas se estilhaçaram assustando algumas pessoas. Nem formato do sol ou da lua se via. Apenas a escuridão profunda. Mas, o pior ainda estava por vir. De repente, o som de um grande estrondo veio do céu! Como trovões, abalando todo firmamento.

Entretanto, não houve nem um sinal de raio. Em seguida, um grito gutural de uma natureza maligna indescritível! Ecoou por toda parte! O barulho foi tão ensurdecedor, que fez eu e a Júlia dobrarem os joelhos. As meninas preocupadas, Aninha e Carol se aproximaram pensando que poderia ser um mal-estar que nos sobreveio de repente.

— O que está acontecendo? Vocês estão bem? Pergunta, Aninha.

Júlia aflita Responde:

— Vocês, não ouviram?

— Não ouvimos nada! Respondeu Carol.

— Gente, o que acontece com vocês? Indaga Carol preocupada.

— O segundo grito foi pior que o primeiro! Porém, dessa vez todos puderam ouvir!

O medo tomou conta de todos! Eu e o Rian não conseguimos mover nem um músculo sequer. Uma dor intensa tomou conta do meu peito, olhei para ele desesperada! Mal dava para respirar. Os pesadelos vieram com tudo na minha mente. Tudo aquilo que passamos nos últimos dias. Me agarrei com toda força em Rian. Ele me acolheu em seus abraços.

— Ju eu estou aqui! Você não está sozinha. Carol espantada gritou chamando a atenção de todos:

— Meu Deus! O que é isso?

— Houve um estrondo muito pior! Naquele momento uma lua gigantesca iluminou o céu. Exibia um brilho escarlate! De um vermelho sangue intenso. Como se ela estivesse banhada em sangue. O que viria em seguida, seria ainda mais aterrador. Meus olhos incrédulos, acompanhavam aqueles sinistros fenômenos.

Ocorreu mais um grande estrondo, muito mais forte e demorado que o primeiro. Da parte antiga da cidade, mais precisamente na direção do marco zero. A luz da lua se intensificou. Naquele momento a soma de todos os nossos medos se tornava real. O maldito pesadelo! Estava se materializando diante de nossos olhos apavorados. E de todos ali. Eu e Júlia sabíamos que o pior ainda ia acontecer. Para aumentar o nosso desespero, do abismo. Uma grande torre começou a projetar-se e ergue-se sobre a superfície! Imponente se eleva cada vez mais alto. Sua aparência é tenebrosa, negra como a noite. Parecia ter vários andares. O brilho maligno da lua revelava sua visão assustadora. Os corpos pareciam estar petrificados a mesma. Figuras estranhas, como anjos caídos também circulavam por toda ela. Uma presença maligna vinha de seu interior. Olhamos para aquela tenebrosa visão, incrédulos! Sentíamos o puro mal vindo dali. Então ressoou em nossos ouvidos uma voz diabólica, entoando uma ciranda sombria. E ela parecia ecoar da própria torre, espalhando por todos os cantos da cidade.

— Ela vem. Que o pavor e medo mais profundo! Se apodere de vocês...Pobres mortais! Ela despertou do seu sono de morte. Sim, à senhora da dor e da agonia! A rainha das trevas O fim e a destruição lhes aguardam! Pois, ela vem tomada por vingança, com sede de sangue! Ela fará lágrimas de sangue, verteram de seus olhos! Ela vem! Sim! Virá nossa soberana! Lilith! Lilith!

— A luz da lua se apagou! A escuridão novamente tomou conta de todo o lugar. Todos estavam atônitos! Sem saber o que fazer. Todos tentavam ligar os celulares, mas, nada funcionava!

Nesse instante eu e Júlia, passamos por algo de natureza sinistra e sobrenatural, ambos partilhamos da mesma visão. Vimos uma sombra imponente, sua forma aparentava uma silhueta feminina, possui grandes asas negras e algo como chifres saindo de sua cabeça, ela saia do abismo e se assenta ao trono. Localizado num salão central no topo da torre. O trono é macabro, negro e algo como várias serpentes o circulavam. Então sua face sombria nos foi revelada. É a mulher sinistra de nossos pesadelos, seus olhos emitem as trevas mais profundas, medo, dor, agonia, parecia se originar daqueles olhos medonhos. Ouvimos uma gargalhada sinistra, várias criaturas chegaram ao trono e começaram a venerá-la. Eles cantavam a mesma ciranda macabra de antes. Várias chamas negras envoltas por uma densa nuvem. Saia do alto da torre. Em todas as direções. Assustados, ficamos perplexos com o que acabamos de ver. Estávamos em choque.

— Rian que foi isso afinal? É ela Rian! A mulher infernal que tem causado esses pesadelos! Meu Deus! Estamos ferrados!

_ Sim, Julia é ela mesma! A mulher sinistra que tem nos atormentados. Julia não sei nem o que dizer.

_ Meu Deus! Rian que porra é essa?!

_ Calma Júlia...

De repente, um calafrio intenso se apodera de nós! Sentimos algo de muito ruim vindo em nossa direção. Então, ouvimos uma gritaria, pessoas apavoradas! Um grupo mais à frente. Um casal foi ao chão e estava se debatendo de um jeito estranho. O fenômeno bizarro começou a acontecer com várias pessoas.

Muitos se afastaram já apavorados. Foi quando todos viram a cena terrível e macabra da noite ocorrer. O jovem casal se levantou de uma forma estranha se contorcendo de uma forma nada convencional. Seus rostos ganharam uma expressão diabólica e nos seus olhos havia apenas escuridão. Então os dois avançaram com fúria sobre um casal mais a frente ceifando suas vidas. Pulando sobre o pescoço deles e dilacerando ambos. O desespero foi geral! A cena foi se repetindo, as pessoas começaram a atacar umas às outras. O caos se estabeleceu por completo. Nosso grupo ficou inerte sem acreditar no que víamos. Foi quando uma dessas pessoas veio em nossa direção para nos atacar. Ela salta em nossa direção. Neste instante, ela é detida por mim, que soquei o seu rosto com fúria! Lançado ela com violência no chão.

— Pessoal é o seguinte! Se ficarmos aqui morreremos! Daremos um jeito de sair daqui e se abrigar lá em casa. Depois pensamos no que fazer. Julia se levanta como se tomada por súbita coragem dizendo:

— O Rian tem razão! Temos que sair daqui agora!

De repente um grande estrondo acontece. Olhando para frente um ônibus em alta velocidade que vinha pela lateral da avenida Suassuna cruza com outro que vinha da Avenida cruz cabugá invadindo o parque destruindo o muro e matando várias pessoas. Seguro firme na mão de Júlia e grito para todos:

— Vamos todos agora!

Começamos a correr todos desesperados! Sentido a Rua da Aurora. As pessoas desordenadas tentavam sair pelas saídas laterais e por onde estávamos, quando já chegamos ao fim da saída, Mariana é atacada! O homem a ataca com violência lançado ela ao chão. Daniel que estava logo atrás dela, estava em posse de um porrete, acerta a cabeça do agressor ferozmente, livrando-a do mesmo. Ele a ajuda a levantar e nos segue.

CAPÍTULO 6 FUGA

 O caos e a agonia se espalharam por todos os cantos da cidade. A cena que se via é caótica e insana. Corpos se alastraram pelo caminho. A morte mostrava sua face, em cada rua, esquina e beco. A tentativa de voltarmos para o nosso apartamento foi frustrada. Nem conseguimos entrar. Vimos pessoas serem arremessadas para fora do prédio. Vimos vizinhos, tomados por aquelas trevas atacar com violência uns aos outros. Contornamos, pela Rua da Aurora e seguimos desviado pela Rua do Riachuelo se abrigando em um pequeno bar na Rua da União. Estávamos atônitos, minha mente tentava racionalizar uma saída. — Como sobreviveremos a este inferno?

 Julia parecia estar mais conectada a mim, mais do que antes. Como se nossas mentes e emoções estivessem interligadas. Ela segurou firme na minha mão e me olhou de um jeito carinhoso.

— Ei estamos juntos nessa! Conseguiremos sair daqui.

Mal podemos respirar aliviados. Algo no ambiente mudou. Vimos o senhor que nos abrigou ser transformar naqueles demônios e nos atacar. Lucas, entrou em luta corporal com ele. Eu e o Daniel, partimos para ajudá-lo, mas ele gritou para nos afastar e sair dali.

— De forma alguma deixaremos você para trás! Protestei.

Como se tomado por uma força ainda maior, o demônio venceu o embate e arremessou Lucas para fora do bar, atravessando a vidraça.

As meninas correram para fora para ajudá-lo. Eu e Daniel aproveitamos a oportunidade e atacamos o maldito de forma simultânea. Acertando com força usando a mesa e cadeira. Acertamos seu tronco e sua cabeça. Ele foi ao chão. Corremos para fora. Lucas estava todo arranhado e parecia ter fraturado o braço. O ajudamos levantar e saímos dali o mais rápido que pudermos. Seguimos rumo a Avenida principal Conde da Boa Vista. E a cena foi mais chocante e aterradora.

A avenida foi tomada por sangue e desespero. Ônibus e carros, colidindo a cada instante. Explosões espalharam suas chamas, consumindo os prédios das principais lojas e edifícios da avenida. O número de pessoas mortas se espalhava pelo chão. Vimos uma cena que chocou a todos. Pessoas caindo dos prédios, como se fossem simples objetos, jogados ao ar.

Acompanhamos as pessoas vindo desesperadas da Avenida Guararapes, na tentativa de livrar-se dos demônios. Ao atravessar a ponte, infelizmente a mesma desaba sob o Capibaribe. Ceifando a vida de todos. Várias pessoas, caídas, se levantarem desfiguradas, se arrastando, e outras até em pé, se contorcendo, de forma incomum, bizarra. Outras, usando os postes, como trampolim. As pessoas como se tomados pelas próprias trevas, feriam seus corpos, falavam uma língua estranha, e avançavam como animais, sobre os viventes. Tomavam suas vidas. Pulando sobre os coletivos, arrancando as pessoas para fora, com violência descomunal!

Nada fica intacto por onde passam. O maior pesadelo de todos! Infelizmente estava sendo vivenciado por nós naquele momento. O que nossos olhos viam, nossa mente não conseguia racionalizar tudo aquilo que estávamos vendo. Em meu íntimo, eu queria acordar, despertar, aquilo que mais parecia um pesadelo. Mas, não há opção para nós. Nenhum de nós! Pois, tudo à nossa volta é real. Os seres agora, começam a se aglomerar, em volta de um prédio próximo, a um dos grandes bancos da avenida. Toda sua fachada havia sido arrancada. Destruída. Em meio à depredação e as mortes causadas pelas criaturas, risadas sinistras, eram emitidas. Nada e nem ninguém! Escapavam da fúria dos seres. Mulheres, jovens, crianças, idosos. O rio de sangue e chamas se misturam, tomam conta do lugar. As trevas profundas, consumiam tudo! O cenário é devastador! Os demônios, máquinas mortíferas, deixavam o rastro macabro por todos os lados. As portas do inferno parecem de fato! Terem sido abertas em nossa cidade. As expressões dos seus rostos são malignas e deformadas. Os seus olhos emitem, o puro mal. Uma figura medonha! Causou mais medo e pavor.

De corpo esguio e disforme, havia asas medianas saindo de suas costas. Possuía os seios perfurados na mama, no seu ventre, trazia um rosto, de uma mulher envelhecida. Possuía duas cabeças, ambas de cabelos negros sujos e arrastando ele até o chão. Nas duas faces, traços mais jovens, porém disformes. Seus olhos vermelhos como sangue. As criaturas a rodeavam, a veneravam. Ficamos alguns instantes paralisados de medo.

Eu, Júlia, nossa turma e o pequeno grupo que estava ao nosso lado, observamos a macabra criatura. Do alto ela pulou caindo firme em um poste. Fazendo-o entortar completamente, tamanha violência com que o ser decadente lançou sobre ele. A criatura, mesmo a alguns metros de distância, parecia estar com seus olhos diabólicos em nós. Podemos sentir todo mal vindo deles. Júlia segurou minha mão.

Trocamos olhares apreensivos, eu só pensava em nos mantermos vivos e nos proteger. Precisávamos sair dali o mais depressa possível. Foi então que ouvimos a voz horrenda debochada da criatura. Ela possuía um misto de voz gutural e infantil. Às três faces falam de forma simultânea:

— Vocês serão sacrificados em nome de minha rainha! Todos terão a morte como final!

O ser medonho emitiu um grunhido maléfico e apontou para nós. Todas as criaturas voltaram sua atenção para nós. Ela falou mais algumas palavras, em uma língua arcaica e saltou para o alto do prédio novamente. As criaturas começaram uma investida contra nosso grupo. Vindo em nossa direção. Começamos a correr, desesperados! Em direção ao grande "shopping "da avenida. Na tentativa de se livrar e encontrar um abrigo. Corremos muito! Eram eles ou nós! Nosso grupo correia e os seres emitem gargalhadas sinistras, debochavam de nós. Eles saltavam a metros do chão de uma forma descomunal. Infelizmente, a velocidade dos seres demoníacos foi mais rápida, do que alguns que nos acompanhavam. Sendo eles alcançados. Tendo, suas vidas tomadas, com uma violência cruel e sem clemência.

Nosso grupo, pouco mais de 12 pessoas, foi reduzido à metade. Perdemos alguns de nossos amigos, na verdade, o sacrifício de Lucas e Daniel que após ver Mariana, Bruna e Flávia serem atacadas e não conseguirem se salvar, partiu com tudo para cima dos demônios atraindo-os, nos dando a oportunidade de escaparmos. Apesar da dor fomos forçados a seguir. Eu, Júlia, Aninha, Luana, um casal e um rapaz. Sobrevivente da investida maligna, nosso grupo seguiu para a entrada principal.

Devido ao engavetamento que se formou, o acesso estava bloqueado. Veículos que na colisão pegaram fogo estavam impedindo a entrada. Entramos por uma das lojas principais que davam acesso ao " Shopping" Há um amontoado de corpos no chão.

Parte do teto da loja havia cedido, o acesso pelas escadas rolantes. Estavam bloqueados. Subimos pela escada para o andar superior da loja e para a primeira etapa. Havia muita gritaria! Pessoas correndo desesperadas para as saídas. Estávamos no primeiro andar, indo já para o segundo. Quando houve uma forte explosão! O impacto foi tão grande, que fomos arremessados para o chão. Outra parte do teto cedeu. Matando o casal. Quando nos recuperamos do impacto, vimos o casal morto. Soterrados pelos escombros. Cena lamentável e terrível. Parte, de fora podia ser vista do andar. Vimos que a passarela, que ligava a outra etapa do centro comercial, prédio todo vem ao chão. Causando mais morte e aniquilação. Toda a estrutura começou a ceder. O terceiro andar começava a cair. Começamos a correr para saídas de emergências. Ao atravessar o corredor, grupos de demônios nos viram. Foram em nosso encalço. Corremos desesperados, para uma das saídas à nossa esquerda. Houve mais uma explosão!

O segundo andar, da loja que estávamos antes, venho todo abaixo. Como também! O andar de cima. Ainda era possível ver todo prédio da segunda etapa vindo ao chão. Os gritos, os choros se espalharam, ecoando a agonia das pessoas. Dava para sentir, a presença maligna, das criaturas. Se aglomerando por todo o prédio. Sentir todos os meus sentidos se aguçarem! Algo havia mudado em minha percepção. Os meus sentidos pareciam estar em níveis mais elevados, que uma pessoa comum. Eu podia sentir cada presença maligna no ambiente. Escutar e até enxergá-los. Mesmo com toda aquela escuridão. Tive a certeza que a Júlia estava tendo a mesma percepção, quando ela falou:

— Temos que sair daqui imediatamente! Diz ela desesperada. Eles estão à nossa procura.

O rapaz que estava conosco, estava visivelmente transtornado.

— A nossa procura não! Você deve estar louca! Eu só quero sair daqui. Eu vou sair. Morram sozinhos! Eles querem vocês!

Ele sai desesperado abrindo a porta, onde nós estávamos.

— Mas o que ele pensa que está fazendo? Está louco! Ele vai nos levar à morte. Diz Júlia, aflita.

— Ei, eles estão aqui! De repente, sentir uma presença maligna muito forte se aproximando há uma velocidade descomunal.

— É ela! Ela está vindo até nós! Diz Julia espantada.

— Você também sentiu isso?

— Mais que isso! Eu posso vê-la se movendo nessa escuridão. Você também?

— Vejo o mesmo que você.

Luana desesperada grita para nós dois:

— Vocês, parem com isso! Que loucura é essa? Parem!

Luana caiu aos prantos. É amparada por Aninha. Luana chora compulsivamente.

— Eu só quero ir para casa! Eu não quero perder mais ninguém! Por que isso está acontecendo? Por que os meninos tiveram que morrer de maneira tão cruel?

Há um grande estrondo. Toda a estrutura tremeu. Assustado, sinto a presença de criatura infernal chegando até nós.

— Ela está aqui! Precisamos sair daqui agora!

— Gente, para onde vamos? Para onde? Pergunta Ana assustada. Lágrimas rolavam de seu rosto.

Por mais que eu quisesse manter a calma e acalmá-la, é impossível para mim no momento.

— Não sei Aninha, mas aqui não podemos ficar. Pessoal a hora é agora!

 Todos se levantaram, seguindo rumo à porta Menos Luana. Ela permaneceu imóvel.

— Lu, o que você está fazendo? Levanta! Vamos sair daqui. Aflita, a Aninha segura a sua mão.

— Eu não vou a lugar nenhum. Vou ficar aqui. Desculpa, mas eu não vou mais lá fora! Ver estas criaturas! Demônios! Ou seja, lá o que for! Se for para morrer, que seja aqui! Podem ir!

Aninha não acreditando no que acaba de ouvir fica desesperada e tenta arrastar Luana até a porta. Pegando em seu braço.

— Você enlouqueceu? Não vamos deixar você aqui!

Mas, ela se esquiva e empurra a Aninha.

— Eu já disse! Deixa-me em paz!

— Neste instante, um grito gutural é ouvido! O medo percorre cada célula do meu corpo e creio de todos ali.

— Precisamos ir agora! Grita Júlia.

— Aninha, lu, vocês precisam vir! Por favor! Diz Julia, já com lágrimas em seus olhos.

Aninha Sorrir de forma aguada, lágrimas também escorrem livremente pelo rosto dela. Ela olhou-nos com um olhar, um misto de carinho e tristeza.

— Eu adoro vocês! Rian cuida da Júlia, por favor.

Ela vira de costas e abraça Luana fortemente

CAPÍTULO 7 DESESPERO

Nós dois corríamos já fora do shopping. Pela rua de trás corremos mais alguns metros. Conseguindo se esconder em uma casa velha, logo mais adiante. Julia me abraçou fortemente. Estava trêmula e chorava muito. Eu a abracei mais forte que pude. Acariciando seu rosto lágrimas também escorriam do meu rosto. Gostaria de apagar da minha mente a cena terrível que acabamos de ver. Aninha e Luana terem sido mortas de maneira tão violenta! Pela mulher demônio. Que as atacou com fúria! Perfurando o peito de ambas, como se fosse folhas de papel. Arrancado do peito de ambas, seus corações. Depois arremessar os corpos de ambas sem vida pelos ares. Tivemos que correr e não houve nada que pudéssemos fazer. Júlia estava inconsolável.

— Por que Rian? Por que elas tinham que morrer dessa maneira? Perdemos todo mundo! Quanta crueldade...Meu Deus!

Eu podia sentir a dor no peito dela, pois compartilhava da mesma dor naquele instante. Perdemos todos os nossos amigos, todos mortos! Os gritos de dor e desespero delas, ainda ecoavam em meus ouvidos. Me sentia quebrado, impotente, com ódio daquele ser infernal. Nada do que eu pudesse dizer, poderia amenizar tanta dor.

No entanto, para o nosso desespero, a presença da mulher demônio foi sentida novamente.

Levantei-me rapidamente, olhei para a Julia, segurando em seu rosto falei:

— Júlia, perdemos nossos amigos e infelizmente só podemos assistir aquela crueldade. Aqui estamos eu e você. Vivos! Não importa o que aconteça. Sairemos daqui! Nós dois, juntos. Se o fim for a morte, estaremos juntos também. Ela me observou em silêncio por alguns instantes. Por fim disse: — Está certo.

Observei atentamente a rua e virando para ela disse:

— Vamos agora!

Saímos do local, corremos e avançamos algumas quadras após a faculdade e o colégio. Precisamos continuar correndo, avançar o máximo que conseguirmos ir adiante. De preferência, sem chamar atenção dos demônios.

Os gritos de pavor e agonia eram a trilha sonora macabra da noite. Durante o trajeto, corpos se alastram e a quantidade de demônios só aumenta. Entramos numa galeria. Lojas destruídas e mais corpos no chão. Algo, porém, chamou a minha atenção. Um corpo mais à frente. Eu não entendi o porquê, mas quis se aproximar. Julia quis impedir-me.

— Calma, ela pode estar viva. Se estiver só ferida? Temos que ajudar.

Aproximei-me, o corpo é de uma jovem de quase minha idade ou a de Júlia. Loira de longos, cabelos lisos. Ela trajava calça jeans escura, a mesma estava em farrapos. Uma blusa vermelha, jaqueta por cima da blusa ou que sobrara dela. Ela apresentava arranhões nas pernas e nos braços. Também estava com corte na testa. Aparentava não ser profundo. Talvez, tenha causado o desmaio. Pode ser que tenha batido com a cabeça. Ela ainda respirava, estava viva. Estava com a pulsação irregular. Assim que encontrarmos um local para ficarmos, podemos cuidar dela.

— Levaremos ela conosco. Sinto ser o certo a fazer.

Júlia parou por um instante, ficou me olhando em silêncio. Estava avaliando a situação e por fim disse:

— Tudo bem! Vamos levá-la.

— Está bem. Ajuda-me a colocar ela nas minhas costas. Será melhor de carregar. Precisamos achar um veículo rápido. Teremos uma mobilidade maior. Estávamos já na saída quando o pior ocorreu. Um grupo de demônios nos viu e veio em nossa direção. Começamos a correr de volta em direção a casa. Para o nosso desespero, estávamos encurralados.

CAPÍTULO 8 FACE A FACE COM A MORTE

No momento pensei em entrarmos na galeria, mas só daríamos mais oportunidade a eles. Então, o inesperado ocorreu. Uma Kombi em alta velocidade. Entrou com tudo atropelando os demônios. Parou bem à nossa frente. Uma mulher abriu a porta e gritou:

— Entrem! Vamos!

Não pensamos duas vezes e entramos no automóvel. Conosco no veículo ela arrancou em seguida. Tratava-se de uma mulher de 39 a 40 anos. Apesar de aflita, ela dirigia bem o veículo. Ela atropelou mais alguns e seguiu em velocidade tentando pegar a avenida Conde da Boa Vista de volta. O caos que se estabeleceu impedia o acesso. Cortamos pela praça, chora menino, alcançando Avenida Agamenon Magalhães. Quando ambos ouvimos um choro, um gemido. Havia uma menina deitada no banco de trás. Ela parecia não estar bem e começou a chorar dizendo estar sentindo dores.

Aproximei-me da menina e fiquei espantada. A menina tinha cortes nos braços e nas pernas e estava com parte das calças rasgadas.

— Meu Deus! Ela está muito machucada!

— Não se preocupe, ela está bem, é minha filha. Chamo-me Joana e a minha filha, Fernanda. Ela foi atacada por essas criaturas demônios, seres macabros, ou seja, lá, o que são essas criaturas. Por sorte, conseguimos escapar com vida.

Uma sensação de perigo e um calafrio intenso se apoderou de mim. Olhei para o Rian apreensiva. Algo assombroso ocorreu. Estávamos na altura da ponte do Derby, próximo à Praça, parte da ponte estava destruída e havia mais corpos. Joana avançou e passou a ponte da praça, sentido Benfica. Quando a menina se levantou primeiro com a voz de choro dizendo:

— Mamãe está doendo muito! Não aguento mais essa dor! Tem uma voz... é de uma mulher. É estranha sua voz. Ela diz que fará a dor passar. Ela vai me levar embora. Eu estou com medo mamãe!

— O quê? Nanda minha filha! Joana parou o veículo e viu aterrorizada o fenômeno acontecer.

A menina começou a gritar. Saímos do carro de Joana, íamos descer quando a menina parou de gritar. Sentimos algo diabólico vindo dela. Ela assume uma voz medonha, com traços infantis.

— Não falei mamãe, que ela ia fazer desaparecer a dor. Sentimos um medo terrível vendo aquela cena.

Ela continuou:

— Ela está aqui mamãe! Diz que não deve se preocupar mais.

De repente uma gargalhada sinistra é emitida pela garota. Ela vira-se para nós e diz:

— Estão condenados! Miseráveis! Vão morrer!

Ela assume uma aparência grotesca. Você também será morta mamãe! Irá se juntar a nós.

A mesma avança sobre a mãe, dilacerando a pobre Joana. Como uma fera cheia de raiva. Arremessando-a para fora da Kombi.

Nós dois corremos, em vão, ficamos apavorados! Vários demônios nos cercam. Para aumentar nosso desespero, a mulher infernal vem na nossa direção. A menina se levanta, após ter estilhaçado o corpo de Joana. A menina com aquela face diabólica nos diz:

— Vocês serão os próximos!

...

Distante da cidade do Recife. Em uma grande sala, três pessoas observavam atentamente, os eventos infernais que se passava na cidade. Através de telas projetadas sob a mesa. Um dos que estavam, em uma das poltronas maiores, homem de aparência mais idosa, porém, firme e serena. Cruza os dedos entre as mãos. Sua expressão é de grande seriedade.

A outra pessoa revelava ser a silhueta, de uma mulher de longos cabelos loiros e de olhos bem azuis comentar:

— O despertar já começou! Meu Deus! A invasão ocorreu mais cedo do que esperávamos.

A outra pessoa, a de estatura menor, se expressa:

— Devemos começar a agir agora!

O homem de aparência mais idosa balançou a cabeça em sinal de concordância.

— Já constatei o suficiente! Eles estão prontos?

— Sim, estão meu senhor

— Então, os envie imediatamente!

— Sim!

CAPÍTULO 9 RESGATE

Estamos rodeados de demônios. A mulher diabólica, nos olha com fúria. Sentir que meu coração ia parar. Tamanho o medo, que ela transmitia. Algo em meu íntimo crescia, em fúria. Queria destruí-la! Retribuir a dor que a Luana e Ana sentiram, as pessoas que vimos morrer. Todos os nossos amigos. Ela pareceu ler meus pensamentos e falou com aquela voz medonha, gutural e infantil, em sua língua arcaica:

— Nada pode fazer! Humano idiota! Irás para o inferno! Farei com que morra lentamente. Verás com desespero! O que farei com elas... ouvirás o grito de pavor e agonia delas, com lágrimas, sentirás o pior desespero! Eu abusar delas e despedaçá-las! Suas almas serão minhas! Ela riu, o som de sua risada maligna ecoou por todo lugar. Enquanto balbuciava outras palavras que não consegui entender.

Coloquei a garota ao chão, com cuidado, aos meus pés. Eu a admirei por alguns instantes. De fato, ela é linda. Qual seria seu nome? Sorrir por um instante. "— Que triste ironia, num cenário desses eu flertando com uma estranha desacordada". Logo, volto a realidade e olhando para Júlia assumo uma expressão séria. Júlia olha para mim como se adivinhasse o passo seguinte. Lágrimas escorriam dos seus olhos livremente. Eu as enxuguei carinhosamente. Ela me abraçou. Ficamos um tempo assim. Estávamos com corpos e mentes esgotadas.

Não havia possibilidade de escaparmos daqueles demônios. Infelizmente, não há mais saída. Júlia olhou para mim, acariciou meu rosto e permaneceu com suas mãos em meu rosto me diz:

— Eu não quero morrer! Não quero Rian… dificilmente sairemos dessa. Eu só queria dizer…

— Eu também não, mas pelo menos estou com você ao meu lado. Disse segurando em seu rosto. Admirei aqueles lindos olhos castanhos, uma última vez. Beijei sua testa, ela retribuiu o carinho beijando meu rosto e disse:

— Desde pequena eu sempre me senti protegida! Com você sempre partilhei tudo. Meus medos, minhas incertezas, os dias bons e principalmente os ruins. Sempre contei contigo. Com sua palavra, seu carinho, você sempre esteve ao meu Lado. Você é… mais que um melhor amigo. Muito mais que isso! Acabou com a solidão e a falta que eu tinha de ter alguém do meu lado. A vida podia ser do jeito mais difícil, mas com você sempre ficava melhor. Tive o privilégio de ter você comigo até hoje! Nossos laços são para sempre, queria te dizer muito mais eu jamais vou te esquecer! Eu…

Eu a envolvi em meus braços com carinho e disse:

— Viver num mundo onde não vou ouvir mais sua voz, seus lindos olhos e seu sorriso iluminando e transformando cada dia meu. Não tem sentido mesmo. Julia, partilhar a minha vida com você, foi a melhor parte da minha história. Amo você.

— Eu amo você. Disse ela olhando para mim, com carinho. Acariciei seu rosto e nos beijamos como se fosse o nosso primeiro e o último. Depois, sorrimos um para o outro. Continuamos abraçados. Fechamos os olhos à espera do fim. De olhos fechados, como se nossas mentes e corações dividissem as emoções. Lembramos tudo até ali. Como uma retrospectiva simultânea revimos toda a nossa vida, desde o dia que nos conhecemos até hoje. Ela passa como um filme. De repente nos vimos diferentes! Igual naquele momento do pesadelo em que enfrentamos a mulher demoníaca. Com as vestimentas reluzentes e as grandes asas. Um estranho fenômeno acontece. Ao abrir nossos olhos havia uma luz dourada, com traços azulados começando a se espalhar ao nosso redor. Como se criasse um círculo em nossa volta? A luz também começou a emanar da garota, que estava aos nossos pés. Na verdade, elas pareciam interagir entre nós. A mulher demônio começou a esbravejar! Seus olhos vermelhos se dilataram... parecendo saltar da face. Sua face maligna ganhou certo ar de temor. Ela balbuciava algo entre as faces, entendemos tudo, como se estivesse falando em nosso idioma.

— O que significa isso? Quem são estes mortais? O que

faremos? Devemos destruir eles agora! Sim, devemos!

Estávamos assustados, perplexos! Seria de fato uma ilusão nossa? Já na hora do nosso fim?

...

Já próximo dali, em uma velocidade quase que surreal, um

O veículo se aproxima.

— Tristan, eu já recebi a localização deles.

— Ótima Diana! Bom trabalho.

— Qual a distância?

— Oitocentos metros à nossa direita.

— Petrus, Yasmin, Lucas preparam-se!

Tristan altera o curso do veículo para a rota informada.

...

A luz emanada de nossos corpos aumenta gradativamente. A mulher demônio ordena:

— Matem! Matem! Menos as garotas... elas são minhas!

Um grupo de demônios à esquerda avança sobre nós. Saltando em nossa direção. Naquele instante sentimos uma coragem brotar de nosso íntimo, queríamos encará-los destruir aqueles demônios! Instintivamente nos demos as mãos e os encaramos. Algo acontece! A luz que nos circulava avançava em direção às criaturas. Em formas de esferas. Numa velocidade descomunal! Destruindo em segundos o pequeno grupo. Virando poeira espalhada no ar. Os outros demônios se agitam. A mulher demônio muda completamente seu rosto. Sentir um puro ódio vindo dela. O ar ficou mais pesado. Ficamos paralisados sem entender.

— O que aconteceu? O que foi aquilo, foi como se a luz reagisse à nossa vontade.

De repente a luz se apaga. O círculo se desfaz. Uma aura puramente maligna! É emanada do ser diabólico. Sinto a Júlia trêmula. Antes que ela pudesse dizer algo, ela desmaia. Eu a amparo em meu colo. A presença da mulher cresce sobre nós. Seus cabelos sujos ganham formas pontilhadas, afiadas como facas. As três faces ganham uma aparência grotesca. Ela urra um som gutural ensurdecedor tomando conta do ambiente. Ela salta! Alcançando metros acima! Sacudindo toda a superfície.

As trevas ficam mais densas. É o fim! Não há mais nada! Que possamos fazer. Ela vem como uma flecha certeira! No alvo. Rapidamente trago a garota para perto envolvendo ambas nos meus braços. Numa última tentativa de protegê-las.

— Agora é mesmo o nosso fim. Então o inesperado acontece...

Há um grande clarão! Seguindo de um grande estrondo! Como um trovão! Rasgando todo o céu. Vejo uma figura imponente, acertando-a em cheio! A mulher demoníaca na face! Em uma das duas cabeças! Arremessando a criatura metros à frente. Ele parecia ter grandes asas angelicais. Mais dois grandes estrondos ocorreram. Agora, à minha esquerda e à minha direita. Seguidos do mesmo clarão. Vi duas figuras de mesma imponência que a primeira. Ambas se projetaram à minha frente. As figuras moviam-se em uma velocidade, acima da percepção humana. Apesar de que meus olhos conseguiam acompanhar cada movimento. Então, vi uma das figuras revelar-se.

Tratava-se de uma jovem mulher de traços orientais e longos cabelos negros. Sua aparência é notável! A jovem oriental, possuía uma beleza admirável! A mesma exibia habilidades, dignas de um samurai. A julgar pela maestria, com que conduzia sua catana. Destruindo os demônios. Seus cortes eram precisos! Executava os decadentes com a precisão de um exímio espadachim. O material de sua espada parecia ser forjado de algo sagrado. É altamente cortante. A mesma refletia um brilho azul, semelhante à luz que emanamos há pouco. Seus olhos exibiam a mesma chama da espada. Seu traje branco desenhava todo o contorno de seu corpo. O traje não era de nenhum tecido, que eu já tivesse visto. A parte de cima do traje compunha toda parte dos braços até os punhos. Peitoral, como se fosse uma grande couraça. A parte inferior protegia os pés, até altura dos joelhos. O traje lembrava um pouco das amazonas, nesse aspecto. Tendo apenas como toque feminino, uma minissaia fechando a vestimenta. Algo curioso me chamou a atenção. São os traços dourados, que mais parecem fluxos de energia percorrendo todo o traje, há uma estranha insígnia impressa no peito do traje. Por um momento, as trevas pareciam diminuir bruscamente. As três pessoas se revelaram à nossa frente. A Bela oriental, o imponente guerreiro que acertou a mulher demônio. Mais dois jovens. Vestiam trajes da mesma cor branca. Iguais as da bela oriental. Entretanto, os formatos, se adaptam a estatura e biótipo de cada um. De perto o guerreiro de aparência imponente parecia ser de origem africana. Sua estatura era cerca de um metro noventa de altura. Possuía um porte imponente. Extremamente forte. Seu traje diferia dos outros. Pois, não cobria seus braços. Nos braços, parecia ter marcas ou tatuagens com símbolos estranhos, que fechavam todo o seu braço.

 O de aparência mais jovem, aparenta ter uns 15 anos. Tinha um porte de uma pessoa alta e magra. Cabelos longos negros na altura das costas. Trazia nas mãos, duas pistolas ponto 40. No cabo das armas a mesma insígnia dos trajes. Estava tão atônito, com o que acabará de ver que não consegui falar nada.

Então o de aparência africana disse:

— Chegamos bem na hora! Rapaz. Eu me chamo Petrus. Vocês estão bem?

— Sua voz tinha um tom grave e firme. Eu apenas assenti com a cabeça. Não consegui dizer uma palavra.

A bela oriental se apresentou:

— Meu nome é Yasmim. Ele se chama Lucas, diz ela

apontando para o de aparência mais jovem. Não é de falar muito. Aqueles dois logo mais à frente, Diana, Tristan, nosso líder.

Estava mesmo atordoado, que de fato, nem percebi a chegada deles e muito menos o veículo. O Automóvel parecia uma espécie de uma Kombi ou furgão. Totalmente diferente de qualquer veículo da geração atual. Interrompendo as apresentações pessoais houve um grande tremor. As trevas ganham força novamente. O ar começou a ficar pesado.

— Não sabem mesmo quando desistir! Diz Petrus ficando a nossa frente.

Vários demônios começam a se aglomerar. A mulher diabólica reaparece. Sem uma das cabeças. Sua aparência grotesca está pior que antes. Ela se dirigiu a Petrus em sua língua.

— O que os filhos da luz fazem aqui? Pagará caro! Pela tua insolência! Verme maldito! Eles são meus!

A presença de Petrus cresce sobre ela! Os símbolos em seus braços começam a arder como brasa! Labaredas de puro fogo! Parece circular em espiral em seus braços.

— Escute bem demônio! Farei com que sofra na pele! A dor dos inocentes que feriste! Livrarei suas almas, de suas tormentas. Criatura imunda! Sentirás a fúria de minha justiça! Temerás o poder da luz! Eu Petrus! O guerreiro da virtude! Esmagar-te-ei! Os espirais assumem a forma colunas de fogo, espalhando-se ao redor de Petrus. Os demônios se agitam! Falam injúrias! Debocham!

—Yasmin saca mais uma vez sua katana! A lâmina exibe o mesmo brilho de antes.

Os três emanam uma poderosa luz em volta dos seus corpos. Os trajes parecem reluzir, aquele mesmo fluxo de energia, se intensifica percorrendo a vestimenta deles.

Diana e Tristan vêm ao nosso encontro. Tristan parece ser o mais velho do grupo. Possui um olhar confiante, não se abala com o cenário que estava à sua volta. Apesar da expressão séria e da imponência, não havia arrogância na sua voz.

— Não se preocupem, vocês ficarão bem. Diana, leve eles para dentro do veículo. Diana obedecendo às ordens, assim o faz.

O veículo lembrava uma Kombi. Portanto, bem, mais moderna. Seu "designer" é completamente diferente. A julgar pelo interior do veículo.

Há um painel de instrumentos e de navegação totalmente digital, em alta definição. Uma direção bem moderna. Um grande console central, como uma central de mídia ou computador. Possuía a tela, acerca de 10 polegadas (25,4 cm) Os assentos são bem confortáveis. A textura do material é difícil de dizer. As poltronas da frente, acomoda confortavelmente sete pessoas.

Nas laterais havia duas camas horizontais. Como se fossem leitos, também de texturas e tecidos diferentes. Aparentando apresentar um conforto maior. Havia luzes de LED no teto. O veículo está bem refrigerado. Coloquei as meninas nas camas horizontais com a ajuda de Diana. Diana é tão bela quanto a Yasmin. Deveria ter a minha idade. Morena de longos cabelos negros, seu cumprimento passa das costas. Seu belo par de olhos verdes, havia uma expressão doce e trazia uma paz profunda, assim como Som da sua voz:

— Rian, aconteça o que acontecer não saia do veículo. Agora ficará tudo bem. Estamos aqui para protegê-los. Ela sai do veículo e se posiciona à nossa frente.

— Ligo o monitor de 10 polegadas, localizado no painel do veículo. Ele filmava o externo. De fato, aquela tecnologia é muito avançada e diferente de tudo que há nos carros atuais. O que eu via com meus olhos incrédulos, me deixou sem saber como definir o embate que se projetava lá fora. Diana à frente do veículo. Fecha os olhos e uma poderosa luz, emanava dela, preenchendo todo o local em volta do carro.

Símbolos estranhos tomaram formas no chão. Transformando-se em chamas douradas.

Apesar de não entender nada daqueles símbolos, sentir no meu íntimo, trata-se de algo sagrado.

Vi também se materializar em sua mão direita, uma linda Adaga. Cerca de umas doze polegadas. O líder Tristan, retirou do traje dois cabos metalizados. Que logo se revelaram machadinhas afiadas com traços dourados, em suas lâminas. A luz que emanava de seus corpos. Crescia gradativamente. Por mais que meus olhos estivessem vendo, eu não conseguia acreditar. Penso que já havia morrido ou logo acordaria deste pesadelo medonho. Eu e a Julia, voltaria para nossa vida normal. Ouvi a voz da Diana, interromper a confusão de minha mente. A mesma parecia ressoar dentro da minha cabeça.

— Rian, toda essa tormenta chegará ao fim. Vamos tirar vocês daqui. Sua voz tinha uma doçura, uma suavidade, sem igual. Sentir esperança.

Tristan se posicionou à frente deles. Assumindo, uma postura de combate. Naquele momento, todos fecharam os olhos! Pude ouvir, creio que uma oração. Em uma língua muito antiga. Algo muito sagrado. Ao abrir os olhos, uma grande luz os envolveu. Naquele instante, vi asas angelicais em todos. Eles mudaram. Sentir uma bravura tamanha emanar deles.

Creio ter ouvido a menção do nome Mikael! Como um grito de guerra! Então, a investida contra a horda demoníaca começou. Houve um grande tremor o choque dos dois grupos.

...

Tristan os aniquilava sem piedade! Com golpes violentos! Destrói os demônios. Manipulava os dois machados, com a destreza dos guerreiros medievais. Com uma velocidade igual ou superior à da Yasmim.

...

Yasmim, com sua Katana, dilacerava os demônios. Em movimentos únicos e certeiros. Em uma dança letal, das lâminas cortantes.

...

O jovem pistoleiro, também não ficava atrás. Atira acertando a cabeça e o peito dos decadentes como um atirador de elite, sem errar o seu alvo. Nem um disparo ele errava! Cada projétil não deixava de liquidar os demônios.

...

O Imponente Petrus foi ao encontro da mulher diabólica. A mulher tinha garras e seus cabelos pareciam tentar acertar o imponente guerreiro em vão. Pois, a velocidade que Petrus se movia, apesar de sua estatura, demonstrava superioridade da adversária. Petrus a acerta com violência. Desfere um soco poderoso, acertando a face que fica no estômago, da mulher demônio. O golpe a fez ser lançada ao chão. A mesma grita de dor. Ela Cospe um sangue negro. As chamas dos punhos de Petrus parecem machucá-la, cada vez mais.

Petrus parte para uma sequência, de poderosos socos e chutes, na mulher infernal. A cada golpe, trovões pareciam rasgar os céus. Tamanho o estrondo, causado por cada golpe. A mesma se contorcia de dor. Sua face no estômago, já não aparecia mais. Havia várias marcas do golpe de Petrus, em seu corpo. Na verdade, a sua forma esguia e disforme, já não era mais a mesma. Até a sua asa, foi destruída.

...

Diana mostrou-se também uma grande guerreira.

É extremamente habilidosa com Adaga. Ela combinava ataques de adaga, com poderosos socos flamejantes das chamas que se aglomeravam em seus punhos. Nenhuma criatura das trevas se aproximou do veículo. As chamas que envolviam o veículo, também eram controladas por ela. O que me faz crer que sua mente possuía um poder extraordinário! Sua técnica possui ataque e defesa. Reduzindo bastante o número de demônios.

...

A técnica e as lutas deles são surrealistas. Incríveis! estava vendo uma batalha épica, ao que me parece ser "anjos" contra demônios. Parece que os infernais não são adversários páreos para Tristan e os demais. A horda havia sido reduzida consideravelmente. Os poucos que ali restaram. Estavam temerosos. Apenas observavam a queda de sua comandante. Que era erguida pelo imponente Petrus. As chamas dos seus punhos a queimavam. Ela se contorcia, blasfemava injúrias a ele.

— Eu te falei ser asqueroso! Criatura demoníaca! Que iriam perecer diante de mim. Observe seus serviçais, todos derrotados! Destruídos! Voltarás para o abismo de onde jamais! Deveria ter saído. A tua violência e teu reinado encerra aqui. Eu, Petrus o virtuoso! Acabo, demônio com sua existência maligna. As chamas de Petrus se espalham pelo corpo dela, ela grita. Petrus, a lança para o alto em direção aos companheiros. Observei a expressão de desespero da criatura.

Tristan lança seus machados, arrancando os braços da criatura. O jovem pistoleiro atira acertando precisamente o peito da decadente. Abrindo um buraco, no peitoral da criatura. Yasmim e sua catana arrancam a cabeça do demônio. Dando o golpe final. As chamas consomem o ser demoníaco. Faz com que a mesma desapareça por completo. Chegava ao fim a existência da mulher demônio e das hordas malignas.

CAPÍTULO 10 PROFECIA: OS FILHOS DA LUZ

O céu exibia seu manto negro como a noite, as trevas haviam tomando conta de todos os lugares. Por onde passávamos o cenário é o mesmo. Destruição e escuridão total. A Júlia e a garota salva por nós, continuavam desacordadas nas macas.

Só mesmo os faróis do veículo iluminavam a estrada sombria. Uma aura pesada pairava no ar. Durante o percurso, o que se via na estrada, carros abandonados e corpos espalhados. Mas, nenhum sinal de demônios. Estávamos na BR 232, seguíamos rumo a quem tem como destino, as cidades no interior do estado. Localizadas na região agreste. O grupo visivelmente apresentava sinais de cansaço, se mantinham em silêncio. Minha mente estava em estado de confusão, tentava processar todos os acontecimentos até o momento. Vi meu dia se transformar, no pior horror que jamais pensei em vivenciar. Constatei o cenário medonho de nossos pesadelos, se tornarem reais!

Tudo para mim, que era tido como realidade! Já não existia mais. Nossa cidade está destruída! Nossos amigos mortos! Demônios a nos perseguir, as trevas consumindo tudo, ser salvo por Tristan e sua equipe, de uma maneira nada comum. Aliás, esse foi o ponto mais alto.

Que poderes eram aqueles que eles usaram? Suas armas, sem contar a forma de lutar. Seriam anjos? Possivelmente... Os trajes, e a insígnia destacada em seus uniformes. O que realmente significava tudo isso? Por que só nós fomos salvos? Tantas dúvidas e incertezas agitavam a minha mente. A única certeza que eu tinha! Se não fosse por eles, não estaríamos a salvo agora. De fato, a minha sanidade estava sendo posta à prova. De uma forma bastante extrema. Em meio a todo esse caos, o que me confortava, é que eu não perdi a Júlia. Saber que ela está ali comigo em segurança. Estava aliviado também, pela garota está também conosco. Tinha um sentimento de que não foi por acaso que a encontramos. Por enquanto estávamos todos bem e seguros. Isso já é o suficiente para mim. Diana parecia ter lido meus pensamentos e diz:

— Não se preocupe, tudo será esclarecido. O mais importante é que vocês estão em segurança agora. Seus olhos realmente transmitem uma paz, serenidade, incrível.

— Todas as dúvidas serão sanadas Rian. Descanse! Ainda temos um longo caminho pela frente. Diana disse bem, vocês estão seguros. Por ora, isso é o mais importante. Ressaltou Petrus.

Tinha gentileza na voz, ver ele falando dessa forma, não se assemelha ao guerreiro que a pouco, destruiu a mulher demônio com tanta fúria e destreza. Ele esboçou um sorriso e assumiu a mesma postura séria de antes. Diana repousando as mãos, em meu ombro aconselha que eu durma um pouco, pois o caminho ainda é longo. Algo na sua voz tinha uma suavidade e uma doçura sem igual.

De forma que ao penetrar em meus ouvidos, faz com que me sinta relaxado e logo sinto um sono repentino tomar conta de mim. Vou fechando meus olhos gradualmente, ainda olho para aquela imensa escuridão à nossa frente, antes de fechar os olhos dominados pelo sono. Rapidamente me lembrei da mulher demônio e todo resto. Lágrimas rolaram do meu rosto espontaneamente.

— Fica calma. Estamos bem. Não sei ao certo, o motivo de tudo isso aqui. Sinto que aqui estamos a salvo. Nós não voltaremos a ver aquela mulher infernal novamente.

— Isso, eu posso garantir minha jovem. Disse Petrus.

— Só restaram nós? Quero dizer e a garota?

- Sim, ela está aqui também. Está na maca como você estava antes. A propósito. Este é Petrus. Atrás de você está Lucas. A que falou com você a pouco se chama Diana. A que está segurando a Catana, se chama Yasmin. Quem está conduzindo o veículo, se chama Tristan. O líder deles. Quanto aos trajes... não sei lhe dizer nada a respeito!

— Sei que passaram por muita coisa... Porém, muito em breve tudo será esclarecido. Disse Tristan.

— Nem acredito que estamos vivos! Diz ela sentando ao meu lado encostando sua cabeça no meu ombro. Que bom que não a deixamos lá para morrer. Estou contente por ela também. Mesmo sem a conhecer.

— Vocês não a conhecem? Pergunta a Yasmin.

— Não a conhecemos, ela foi encontrada por nós, desacordada, em uma das ruas do centro. Quando fugimos daqueles demônios.

— Entendo... Disse Yasmin.

Por todos os lugares que passamos na cidade, não havia ninguém. Passamos por uma grande praça com um relógio composto por flores.

— Ei conheço este lugar. Já estivemos aqui Rian, Lembra?

— Agora que você mencionou, tenho uma vaga lembrança.

— Mas, onde estão todos? Porque apesar da escuridão não há demônios?

Mas, onde estão todos? Por que apesar da escuridão não há Demônios?

Estamos em solo sagrado. Continua Diana. Essa escuridão são trevas mortas. Este lugar foi selado pelos anjos. Dessa forma, as trevas não conseguiram causar a mesma destruição que viram. Quanto às pessoas, elas já haviam deixado a cidade há algum tempo. Antes do despertar das trevas em Recife. Da forma que está, só nos ajuda a nos manter em oculto, para o inimigo.

Júlia fica pensativa e diz:

— Confesso que é muita informação para assimilar no momento. Diana apenas esboçou um sorriso.

Percorremos mais algumas ruas e seguimos para um ponto mais alto. Creio que deveria ser o mais alto da cidade.

 O veículo estacionou em frente a uma pequena capela. A mesma tinha uma forma arredondada. Construída em tijolos avermelhados e vidros, completavam sua estrutura. Acima havia uma pequena estatueta de um Querubim. O que chamou atenção, foi que naquele local, havia luz. Como se a luz do sol, refletisse sobre ela. Devemos entrar disse Diana. Descendo do veículo. Petrus tomou Rafaela em seus braços e disse:

— Ela estará em segurança. Todos nós. Finalmente a verdade será revelada.

Percorremos mais algumas ruas e seguimos para um ponto mais alto. Creio que deveria ser o mais alto da cidade. Logo o veículo estacionou em frente a uma pequena capela. A mesma tinha uma forma arredondada. Construída em tijolos avermelhados e vidros, completavam sua estrutura. Acima havia uma pequena estatueta de um Querubim. O que chamou atenção, foi que naquele local, havia luz. Como se a luz do sol, refletisse sobre ela. Devemos entrar disse Diana. Descendo do veículo. Petrus tomou Rafaela em seus braços e disse:

— Ela estará em segurança. Todos nós. Finalmente a verdade será revelada. Entramos todos no local. Para nossa surpresa, os tijolos começaram a se movimentar mudando toda estrutura. Os vidros que completavam a estrutura desceram até o chão. No pátio onde ficou estacionado o veículo, foi aberta uma plataforma com luzes de LED, com setas indicando para baixo. A plataforma foi descendo com o veículo. À medida que a capela revelou uma espécie de elevador e painéis digitais com comandos nunca vistos antes por mim.

Os gráficos na tela indicavam através da seta azul que iríamos descer. Uma voz feminina saiu do painel central. Representado por um ícone de microfone vermelho.

— Bem-vindos de volta Mestre Tristan. Aos demais da equipe. Bem-vindos ao lar Rian e Julia.

— Como ela sabe nossos nomes? Pergunto, mas fico sem resposta.

— Ariel pode descer! Ordena Tristan.

— A estrutura fechou completamente e descemos. Apesar de estarmos descendo em grande velocidade. Não sentíamos nada, nenhum enjoo e incômodo. Estava impressionado com a tecnologia apresentada, pelo painel do elevador. Nunca vi um "software" com aquela linguagem e arquitetura de programação realmente impressionante. Um tempo depois, os gráficos de seta azul mudaram para número 100 em ordem decrescente, até zerar e aparecer a letra Z. A porta do elevador foi aberta. Estamos em um pequeno saguão ou recepção.

Havia poltronas ou sofás em figuras geométricas bem diferentes. As paredes na cor branca iam até o teto, a frente uma porta exibia a forma de brasão a insígnia nos trajes de Tristan e os demais. Passamos por um pequeno corredor, até a próxima porta. Dos lados havia pinturas de anjos em batalhas contra demônios. A próxima porta é maior. Como o brasão inserido nesta porta, também é maior. A composição da porta parecia ser de bronze ou cobre.

Ao abrir dela, para nossa surpresa, um grupo de várias pessoas nos aguardava. Um grande salão nos foi revelado. Há uma grande mesa redonda com 13 cadeiras vermelhas e traços dourados. Na parede central havia uma pintura de arcanjos subjugando uma mulher demônio. Muito se assemelha à mulher tenebrosa dos nossos pesadelos e da visão que compartilhamos em Recife. Do lado direito, havia um grande painel de LED, o número de polegadas lembra a tela de um cinema. Nele havia um mapa monitorando várias cidades em tempo real. Um grupo de pessoas com trajes na cor vermelha, semelhante aos das enfermeiras, se aproxima de Petrus e da jovem que salvamos que estava nos braços dele. Trazendo uma espécie de maca em vidro. Petrus a colocou cuidadosamente na maca.

— Cuidem bem dela e deem toda assistência necessária. Ordena ele ao grupo. O grupo se dispersa, seguindo um corredor à nossa esquerda. Um Homem de estatura mediana, de porte forte e atlético. Dirigiu-se a Tristan e aos demais.

— Estamos orgulhosos de vocês! Lutaram bravamente e executaram a missão como esperado. Podem descansar... estão dispensados por hoje.

O grupo vai se retirando, mas antes de sair agradeço por nos resgatar daquele inferno. Diana olha para trás e nos dá um sorriso e se retira com os demais. O uniforme trajado pelo homem lembrava os trajes dos militares da aeronáutica, a julgar pela cor azul-marinho. O mesmo trazia no peito a insígnia presente no nas vestimentas de Tristan e os demais. Ele se dirige a nós.

— Havia poltronas ou sofás em figuras geométricas bem diferentes. As paredes na cor branca iam até o teto, a frente uma porta exibia a forma de brasão a insígnia nos trajes de Tristan e os demais. Passamos por um pequeno corredor, até a próxima porta. Dos lados havia pinturas de anjos em batalhas contra demônios. A próxima porta é maior. Como o brasão inserido nesta porta, também é maior. A composição da porta parecia ser de bronze ou cobre. Ao abrir dela, para nossa surpresa, um grupo de várias pessoas pareciam nos aguardar. Logo, um grande salão nos foi revelado. Havia uma grande mesa redonda com 13 cadeiras vermelhas e traços dourados. Na parede central havia uma pintura de arcanjos subjugando uma mulher demônio. Muito se assemelha à mulher tenebrosa dos nossos pesadelos e da visão que compartilhamos em Recife. Do lado direito, havia um grande painel de LED, o número de polegadas lembra a tela de um cinema. Nele havia um mapa monitorando várias cidades em tempo real. Um grupo de pessoas com trajes na cor vermelha, semelhante aos das enfermeiras, se aproximam de Petrus e da jovem que salvamos que estava nos braços dele. Trazendo uma espécie de maca em vidro. Petrus a colocou cuidadosamente na maca.

— Cuidem bem dela e deem toda assistência necessária. Ordena ele ao grupo. O grupo se dispersa, seguindo um corredor à nossa esquerda. Um Homem de estatura mediana, de porte forte e atlético. Dirigiu-se a Tristan e aos demais.

— Estamos orgulhosos de vocês! Lutaram bravamente e executaram a missão como esperado. Podem descansar... estão dispensados por hoje.

— Sei dos desafios e dos horrores que passaram. Não precisam mais ter medo. Aqui vocês estão seguros. Eu me chamo Fedrec, líder dos combatentes e terceiro no comando de nossa ordem. À minha direita está Alice. Mestre das armas e segunda no comando de nossa ordem.

Alice aparentava cerca de 40 anos, cerca um metro e setenta de altura. Seus cabelos presos num rabo de cavalo revelavam o desenho de seu delicado rosto. Possuía lindos olhos azuis como azul do céu. Seu olhar tinha um brilho, transmitia uma ternura, segurança, como um olhar de uma mãe. Seu traje feminino de cor branca com traços dourados e o brasão cobre todo o seu peitoral.

— Que bom que estão conosco. Os horrores que passaram ficaram para trás. Nossa prioridade foi trazê-los em segurança. Sua voz também transmitia doçura e suavidade.

Então o senhor, de cerca de 60 anos. Levanta-se e caminha até nós.

— Fico feliz em ver que estão bem. Nossa preocupação de fato foi trazê-los em segurança, como afirmou Alice. Que bom que tudo ocorreu bem. Hoje é um dia esperado por todos nós. O dia em que os filhos da profecia finalmente surgem para nos trazer esperança! Mediante aos dias que virão. Meu nome é Jonas, fundador e idealizador de tudo que vocês irão conhecer aqui. Sou o primeiro no comando de nossa ordem! O décimo terceiro na minha linhagem. Minha família vem de uma linhagem muito antiga. Escolhida, para impedir que as trevas tomem conta de tudo.

Fomos escolhidos, para representar a luz. Somos conhecidos como "Filhos da Luz". Descendentes de uma poderosa casta lendária. De primeiros Arcanjos, anjos e querubins, criados desde a fundação dos céus. Que combatem desde a fundação do universo, os males.

Desde a queda da estrela da manhã no abismo. Uma sangrenta batalha envolvendo a humanidade tem sido travada.

— E o que isso tem a ver conosco? Comigo e o Rian?

— Vocês são herdeiros de um legado muito importante! A chave para o desfecho dessa guerra a nosso favor, pode estar em vocês. Tudo, deverá mudar minha jovem.

— Como assim tudo? Herdeiros de um legado? Questiona Júlia.

— Quero lhes mostrar algo. Alice, por favor, traga o manuscrito de Mikael. Alice vai até uma espécie de urna. Ela retira um papiro em cor dourado e entrega a Jonas. Jonas entrega nas mãos de Júlia.

— Leia, por favor. Se preferir os dois. Júlia desenrola o papiro olhando para mim. Eu a encorajo:

— Realizaremos isso juntos.

A princípio, o papel estava em branco. Não demorou muito para que as palavras começassem a se formar, numa língua muito antiga. Entretanto, conseguimos ler. Há um texto, uma profecia intitulada:

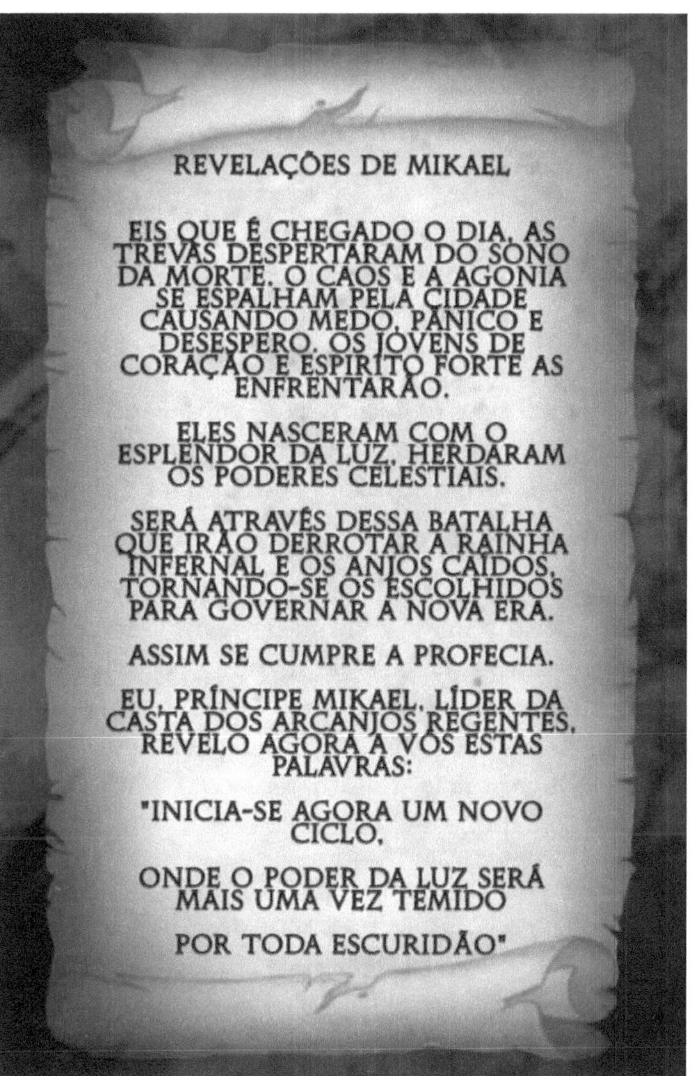
REVELAÇÕES DE MIKAEL

EIS QUE É CHEGADO O DIA. AS
TREVAS DESPERTARAM DO SONO
DA MORTE. O CAOS E A AGONIA
SE ESPALHAM PELA CIDADE
CAUSANDO MEDO, PÂNICO E
DESESPERO. OS JOVENS DE
CORAÇÃO E ESPÍRITO FORTE AS
ENFRENTARÃO.

ELES NASCERAM COM O
ESPLENDOR DA LUZ, HERDARAM
OS PODERES CELESTIAIS.

SERÁ ATRAVÉS DESSA BATALHA
QUE IRÃO DERROTAR A RAINHA
INFERNAL E OS ANJOS CAÍDOS,
TORNANDO-SE OS ESCOLHIDOS
PARA GOVERNAR A NOVA ERA.

ASSIM SE CUMPRE A PROFECIA.

EU, PRÍNCIPE MIKAEL, LÍDER DA
CASTA DOS ARCANJOS REGENTES,
REVELO AGORA A VÓS ESTAS
PALAVRAS:

"INICIA-SE AGORA UM NOVO
CICLO,

ONDE O PODER DA LUZ SERÁ
MAIS UMA VEZ TEMIDO

POR TODA ESCURIDÃO"

— Jonas dá um sorriso. Alice e Fedrec também sorriram em sinal de aprovação.

— O que foi? Perguntei curiosa e maravilhada com o que eu e Rian acabamos de fazer.

— Somente os herdeiros legítimos da casta poderiam ler. Há sangue mais puro angelical correndo em suas veias. Na verdade, muito além! Um poder jamais visto em nossa linhagem antes.

Apesar de achar extremamente absurdo, tudo que Jonas acabara de falar. Recordo do momento que pensávamos que íamos morrer e aquela luz se manifestou em nós e na garota. No fundo, mesmo sendo tão surreal aquilo tudo. Algo em meu íntimo queria dar credibilidade às palavras de Jonas. Puxei Rian para um canto e perguntei: — O que você acha?

— Julia, tudo isso é muita informação para a gente processar. Mas, você precisava ver como eles lutaram! Foi épico! Surreal! O poder que eles tinham, as armas, as asas, pareciam de fato anjos aniquilando demônios. Estamos salvos graças a eles aqui neste lugar. E este lugar então, tudo parece estar à frente do nosso tempo. Sem contar que naquela hora…

— É eu pensei a mesma coisa! Aquela luz que estava em volta da gente e da menina. Aquilo foi bem estranho! Mas, faz algum sentido agora.

— Exatamente isso! Não sei se tudo isso é de fato verdade! Mas, a essa altura para mim, isso faz sentido.

— É verdade. Você tem razão. Pelo menos mal nenhum nos fizeram. Pelo contrário, como você disse, nos salvaram. Vamos ver o que irá acontecer. E estamos juntos.

— Isso é o que mais importa para mim.

— Pra mim também. Rimos os dois.

— Não se preocupem, aprenderão a lidar com esta tarefa. Temos nos preparando desde muito tempo, até hoje! Para este momento. Onde os filhos da profecia, decidiram esta guerra. Venham comigo!

Andamos alguns passos, junto a ele. Ele para de frente a parede. Ficamos sem entender.

— Calma, não é o que parece.

A parede começa a se mover, dando lugar há uma grande janela, e a vista que nos foi apresentada, foi inacreditável! Uma cidade nos foi revelada. Com prédios e casas de vários estilos, cores e tamanhos. Em um "design" futurista e com formas geométricas jamais vistas por mim em qualquer revista de arquitetura ou programas especializados. Uma projeção magnífica, de uma cidade futurista estava bem diante de nossos olhos! Incrédulos. Muito mais que uma réplica da cidade de Garanhuns, ou mesmo da própria cidade do Recife. O que estava à nossa frente, estava bem além do nosso tempo. Pessoas andando nas ruas, com vestimentas diferentes. Sem demônios, ou trevas. A cidade é bem arborizada, veículos, motocicletas, em vários "designs", seguindo uma tendência de tecnologia futurista. Os modelos possuíam características e tamanhos diferentes.

Pontes, Praças, em um ponto central, há uma grande praça e sete estátuas segurando como se fosse o sol. Havia um brilho reluzente iluminando toda cidade

— Que lugar é este Jonas? Pergunta Júlia.

— Estamos mesmo debaixo da terra?

— Sim. Precisamente em toda cidade de Garanhuns e mais além, eu diria.

— Mas, como isso foi possível?

— Teremos tempo! Responde Jonas. Por hora, descansem. Bem-vindos a ordem dos filhos da luz, filhos da profecia. Bem-vindos ao lar de vocês.

Havia uma gentileza em sua voz. Como um pai, para com seus filhos. Eu e Júlia nos abraçamos e ficamos a olhar toda cidade. Lágrimas escorriam dos nossos olhos, após passarmos pelo verdadeiro inferno, perdemos tudo! Estamos vivos! Havia uma nova vida, uma nova realidade. Por hora, isso é mais que suficiente. Júlia virando para Jonas Diz:

— Obrigado por nos salvar. Só somos eu e Rian agora. Sinto pelo que perdemos, nossas mães, nossos amigos, os outros. Nós, temos um ao outro. Para mim, isso é tudo que importa agora.

— Com o tempo, verão que possuem bem mais! Vocês estão destinados a um propósito muito maior. Tenho total fé em vocês! No que conseguirão realizar.

Aquelas palavras penetraram nos nossos corações. Sentimos esperança.

— Obrigado Jonas. Também agradeço a você por tudo que fizeram por mim e Júlia. A propósito, esta cidade tem nome?

— Cidade luz, esperança, para nós, ela é Novo Éden.

Ficamos ali admirando a visão daquela cidade magnífica! Uma paz inexplicável nos envolveu.

CAPÍTULO 11 NOVO ÉDEN

Os dias em Novo Éden Seguiam em paz. Cessaram os pesadelos. O que passamos em Recife, parecia ter sido um trauma distante. Estávamos maravilhados com tudo de Novo Éden. Parecíamos viver em um futuro próspero. Num ápice da evolução humana. Em comportamento e tecnologia. Mulheres andavam livremente, crianças brincando nos parques, andando em veículos, próprios para diversão. Idosos passeando despreocupados, jovens reunidos. Havia uma paz no lugar. Algo sagrado. Como se fosse uma versão ideal do paraíso! Sem violência, sem desigualdades, a maldade humana parecia ter sido erradicada por completo. Lá dos homens e dos anjos. Não havia indício sequer de demônio, trevas ou algo do tipo. Transportes funcionando em fluxo contínuo sem nenhum problema. Nada de engarrafamento como no centro. Não havia poluição, os veículos usavam uma nova forma de combustível de energia limpa e renovável. Tudo muito arborizado, ecologicamente correto. Tudo funcionava sem falhas. Todos os setores, interagindo para o pleno funcionamento.

Ao Sul fica localizada a sede da ordem. O prédio mais imponente de toda cidade. Na verdade, conjuntos de três torres formavam a sede da ordem dos filhos da luz.

Primeira Torre: Em seus dez andares está reunido todo poderio bélico, científico. Como também tudo referente à administração da cidade.

Segunda torre: Fica o prédio do conhecimento. Tudo sobre as linhagens angelicais, e as castas pertencentes à ordem dos filhos da luz.

Terceira Torre: Fica localizada a academia da ordem, para treinamento e nova formação dos combatentes.

No setor norte, funcionava o setor industrial. Responsável pela construção dos veículos para os transportes, tanto dos civis como dos combatentes. Como os demais serviços, referente à organização logística da cidade.

Já os setores Leste e Oeste funcionavam como centros de entretenimento, lazer e habitacional.

A cidade é interligada por elevadores e túneis. Havia pontes que muito se assemelham às do centro do Recife. Entretanto, numa versão moderna e com rios limpos. Como deveria ser o Capibaribe. O ponto principal da Cidade ficava a praça luz. Ao centro da praça fica o monumento em homenagem à casta lendária.

A cada dia, aprendemos mais sobre a cidade e como tudo começou. Sobre nossas origens. Mesmo com a perda de nossos

amigos e sem saber ao certo, o que havia acontecido com nossas
mães. Decidimos refazer nossas vidas.

Descobrimos que a jovem que salvamos Seu nome é Rafaela.
Ela não consegue lembrar, do que de fato aconteceu com ela
durante a invasão demoníaca na cidade. Como foi atacada e
estava ali onde a encontramos. Diz, também, não se lembrar da
vida dela antes desse inferno todo ocorrer. Estamos ficando
cada vez mais próximos.

Estamos em paz, por um momento esquecemos de todo
pesadelo e inferno que passamos. Começamos a ter uma rotina
de jovens de nossa idade. Ver Julia mais calma, me animava
mais. Depois de tudo que passamos, aquela paz e conforto que
tínhamos ali, tudo que a cidade proporciona, é magnífico! Nos
dava a certeza! Aquele mal que vivenciamos, ficou para trás.
Eu, Júlia e Rafaela temos mais que um elo em comum. Somos os
três, os únicos de Recife, que sobreviveram à invasão das trevas
e de todo aquele inferno. Tínhamos o privilégio de estar
naquele lugar. Que com o passar do tempo! Novo éden,
tornava-se nosso lar.

CAPÍTULO 12 ACEITANDO O CHAMADO

Um ano se passou, desde a nossa chegada a cidade. Já estamos adaptados e familiarizados com tudo que a cidade nos proporciona. A vida que vivemos aqui, é o máximo em qualidade de vida, em todos os sentidos. Apesar de toda calmaria que estou vivenciando, meu interior estava inquieto. Não parava de pensar no que aconteceu na nossa cidade. Toda destruição! As mortes de nossos amigos, as pessoas que vimos morrer, o que teria acontecido às nossas mães? Quanto a isso, Jonas havia designado um grupo de busca para encontrá-las. Mas, até o momento, não houve resultados satisfatórios. Apesar disso, o comprometimento de Jonas e Alice em encontrá-las, alimentava a nossa esperança de que em breve, estaríamos todos juntos novamente. Já iria iniciar as primeiras horas do dia na cidade. O dia e a noite funcionavam de forma diferente aqui. Os primeiros ciclos ou horas, que iniciavam o dia, às 5:00Am a cidade acordava. Todos os serviços ficam disponíveis. Encerrando a 00:00 PM. Tudo é desligado. Só alguns serviços essenciais ficam disponíveis.

— Me levantei, resolvi então pegar minha nova moto e dar uma volta por toda cidade. A moto lembra muito o "design" das motos de 250 cilindradas. Numa construção mais futurista, uma mistura de cores, grafite com azul. Possuía um completo painel de instrumentos e um computador de bordo.

Mostradores em cores de alta definição e totalmente digital. Andei por horas, de forma aleatória por toda cidade.

Parei na praça luz e fiquei em frente ao monumento da casta lendária. De fato, um ícone de destaque arquitetônico da cidade. O sentimento de inquietação em meu íntimo, clamava por vingança. Queria lutar, como Petrus e os demais. Na verdade, me sentia capaz e com poder para realizar muito mais. Apesar que sentia um temor… Medo de que nessa guerra poderia perder a Júlia, sentia essa insegurança. Quanto a Rafaela, Jonas diz sentir nela um poder dormente. Apesar de não haver menção dela na profecia. Jonas crer que ela terá um papel importante ao longo da batalha. Isso explicaria o fato de que nós três temos nós conectado naquela ocasião. Apesar da importância que nós temos para o desenrolar dessa guerra, Jonas havia nos deixado livres para iniciar os treinamentos. Quando nos sentíssemos prontos. Seríamos de fato, capazes de acabar de vez com essa guerra? Nós dois seríamos herdeiros legítimos de um poder tão grande? Estava envolto em meus pensamentos, que não vi uma pessoa se aproximando, uma silhueta feminina é revelada. Caminhando em minha direção. Trata-se de uma bela jovem. De pele branca, longos cabelos cacheados loiros. Na altura das costas. Olhos castanhos bem claros. Seu rosto, de traços delicados, fazia conjunto perfeito de beleza. Uma beleza que aparentava estar acima de padrões humanos.

— Perdão se lhe assustei, não foi minha intenção. Diz a bela moça esboçando um sorriso.

— Tudo bem, sem problema.

Ela percebe que eu estou com o olhar fixo no monumento da casta lendária diz:

— Eles foram esplêndidos! Pensar que através da bravura deles e dos escolhidos, podemos ter uma nova oportunidade. Novo Éden pode ser erguida. O que era apenas um grande projeto utópico, ganhou vida! Hoje está bem diante de nossos olhos.

— É verdade

— Sinto muito, pelas pessoas que vocês perderam e o que houve no Recife.

— Obrigado, mas o importante é que estamos vivos.

A jovem sorriu e disse:

— Sim, é verdade. Com isto teremos a possibilidade de vencer as trevas! Vocês foram por muito tempo, aguardados por nós. Fiquei observando aquela jovem por um instante. Como ela e todos, depositavam uma fé em nós. Que conseguiríamos, livrar todos das trevas.

Ela se aproxima e segura carinhosamente em minhas mãos me encara, olhando fixo em nos meus olhos disse:

— Acredite que você é capaz! Aliás, vocês três. Eles escolheram vocês por um propósito. Em vocês reside mais do que uma herança deixada por eles. O poder não é nada, se você não pode usar, para proteger quem é importante para você. As pessoas que amamos. Infelizmente vocês não puderam evitar que muitos morressem em sua cidade.

Agora, entretanto, podem combater as trevas e também nos proteger. Usem desse poder para criar um futuro!

Fico admirado com a crença nas palavras da jovem. Nós, não poderíamos ficar presos ao que ficou para trás, e nem evitar o que aconteceu. Isso é um fato. Porém, aquele sentimento...Aquela sensação de que temos a capacidade de poder fazer mais que os demais. De ter o poder para proteger esta cidade, e as pessoas. Vingar a morte dos que se foram. Tornou-se claro para mim naquele momento. Uma certeza! Diante das palavras ditas por ela. Sinto meu sangue pulsar. Sentia um poder crescente em mim. Não só em mim, mas em Júlia e Rafaela também.

— Isso mesmo Rian! Ela sorriu, como se estivesse conectada à minha mente.

Retribuo o sorriso. Tive a impressão por um instante que aquela jovem não era uma desconhecida! Algo no seu sorriso, no seu olhar, soou familiar. Mas, como seria isso possível? Fico intrigado e curioso. A propósito, como você se chama?

— Peço perdão! Meu nome é Gabriella. Me respondeu sorrindo.

 Novamente, a sensação que já havia nos vistos antes, ficou mais forte. Ela continua a me olhar com aquele olhar doce. Havia algo de muito sagrado nela. Talvez, minha natureza angelical, reconhecesse isso.

Ela então se despediu e disse:

— Não se esqueça! Tenho fé em você Rian! Vocês conseguirão feitos incríveis!

Eu a acompanho até ela sumir de vista. As palavras dela dissiparam todas as dúvidas do meu coração. Sejam lá quais os demônios, que tenhamos que derrotar, para livrar tudo das trevas. Irei fazê-lo! Não terei mais dúvida quanto ao meu papel nesta luta. Nem do poder que foi confiando a nós!

— Então você está aí! Estive a sua procura a tarde toda. Disse Rafaela se aproximando.

— Resolvi sair para dar uma volta. Estava precisando espairecer. Mas, creio que me fez bem.

Ela ficou olhando também para o monumento.

— Você consegue sentir? Há um calor… um poder sagrado aqui neste lugar.

— Sim, é verdade.

— Rian, quero lhe contar uma coisa. Não lembro muito bem da minha vida de antes. É fato. Minha mente ainda está fragmentada. Porém, lembrei que tive uma irmã! Creio que ela pode ter morrido tentando me salvar… Quem sabe? Sinto que éramos bem ligadas! Meu coração diz isso.

— Sinto muito! Rafa

— Está tudo bem. Acredite fiquei em choque, entretanto já tive minha cota de choro por hoje. Não é só isso que quis lhe contar. Um dia antes de todo esse inferno ocorrer. Sonhei estar em uma grande batalha contra demônios e uma mulher infernal. Eu estava trajando um traje reluzente e tinha asas. Juntamente comigo, havia duas pessoas lutando.

Possuíam vestimentas mais reluzentes que a minha, suas asas eram maiores que as minhas. De alguma forma, com a chegada deles meus poderes e bravura cresciam.

— Rafa, você quer dizer...

— Isso mesmo Rian! Os dois grandiosos anjos eram você e a Julia. A mulher entrou em desespero e se lançou com fúria contra nós. Daí houve uma grande explosão e não via mais nada. O resto você já sabe.

— Então, não foi por acaso eu o ter encontrado.

— Sim! Acredito Rian, que nosso destino seja lutar juntos contra as trevas. Sinto, que nós três, diferimos dos demais. Não estou querendo me gabar nada disso! Talvez eu não tenha sido mencionada na profecia, mas sinto algo muito angelical correndo também em minhas veias. Sinto que meu dever é lutar ao lado de vocês.

— Fico feliz em ouvir isso de você, Rafa. Porque sinto o mesmo sentimento de proteger e lutar por todos.

— Que bom que pensam assim! Diz Júlia que ficou em silêncio atenta a nossa conversa. Porque eu também quero lutar! Pensando bem, somos os únicos sobreviventes da invasão à nossa cidade. Sinto que temos o dever de proteger a todos aqui. Quero protegê-los e este lugar. Muito mais que isso! Sinto que somos capazes.

— Nossa você falou bonito! Disse Rafaela sorrindo.

— Creio que concordamos que já é hora! De entramos nessa guerra.

— Sim! Dizem Júlia e Rafaela simultaneamente.

— Então, só nos resta aceitar o nosso destino. E iniciar nossa jornada.

Nós três, trocamos olhares e permanecemos em silêncio. Instintivamente estendemos as mãos, formando um círculo. Ocorreu exatamente como naquele instante, em Recife, no momento de perigo extremo, nossas auras se acenderam! Sentimos um poder incrível percorrer todo o corpo. Vimos aquela chama dourada com traços azuis-celestes, nossas almas naquele instante pareciam estar conectadas. Vimos também as imponentes asas se revelarem. Sentimos um elo sagrado! Único! Como se todo o universo estivesse presente, sentimos nosso sangue angelical despertar para sua real natureza!

CAPÍTULO 13 HERANÇA DOS ANJOS

Já se passaram meses, passamos por um árduo treinamento. Havíamos completado nosso treinamento e selado nossos destinos. Desde aquele dia, em frente ao monumento da casta, aceitamos nosso dever como filhos da luz! Empenhamos ao máximo para nos tornar os guerreiros de que a ordem precisaria. Cada um passou por desafios distintos. A onde não só o físico, como a mente e espírito foi posto à prova! Foi nos dado a honra de pertencer aquele lugar. Vivíamos uma nova realidade de vida. Com o passar do tempo, entendemos o nosso propósito e queremos estar prontos! Muito mais que isso! Queremos ser merecedores e dignos de nosso novo lar. Assumimos a responsabilidade de nos tornarmos o que a profecia menciona. Hoje, seria a cerimônia de entrega de armas. O passo final! Para atestamos nosso ingressar na ordem. Estavam reunidos na ocasião, Fedrec, Tristan, Petrus, Diana Lucas e os demais combatentes, Alice, Jonas e um grupo de anciãos.

Estávamos num grande salão. Há um pequeno altar. Dele jorrava uma água puramente cristalina. Deveríamos entrar com os pés descalços num círculo menor que ficavam ao centro do grande salão.

O círculo é formado por quatro colunas de marfim com traços dourados. Ao entrarmos no local, sentimos um poder imenso no ambiente.

Fomos caminhando lentamente para o círculo, usávamos trajes de tecidos simples, cor branca, o mesmo trazia o brasão da ordem no peito. Entramos no círculo. A água da fonte molhou nossos pés, e ao entrar em contato conosco. Sentimos uma sensação de tranquilidade imensa. Símbolos angélicos se formaram nas colunas e sentimos todo poder de nossas auras se expandirem exponencialmente.

Os anciãos de olhos fechados conduziam orações, na língua antiga dos anjos, como se fossem cânticos. Podíamos sentir a aura de todos convergindo com a nossa.

Sentimos nossas almas, a minha, de Júlia e Rafaela se tornando uma novamente. Algo esplêndido aconteceu.

Sentimos um poder indescritível tomar conta do ambiente.

Vimos sete seres de luz, aparecer com asas imponentes, armaduras que reluzia o mais puro ouro. Nunca havíamos sentido um poder tão grande!

Os sete seres colocaram suas mãos sobre nós. Chamas de fogo nos rodeavam. Suas palavras ecoaram por todo lugar:

As nossas auras continuavam a reagir ao lugar. Alice entra no círculo, trazendo consigo três urnas. Deixando-as aos nossos pés. Ela pede que as urnas sejam abertas. Assim fizemos.

Em cada uma das urnas, havia um par de armas com o brasão da ordem no cabo dos artefatos.

— Eu como mestre das armas! Entrego-lhes estas armas. Como reconhecimento, de que são autênticos guerreiros da luz. Elas serão auxiliares na guerra contra nossos inimigos.

...

Para Rafaela, um par de pistolas ponto 40, com cabos de marfim e brasão da ordem em dourado.

...

Para Júlia foi dado um par de adagas com traços dourados. A mesma trazia em seus cabos também o brasão da ordem

...

Para mim, foi dado um cabo imponente de um metal sagrado. Que ao ser tocado, revelou ser uma lâmina metalizada com chamas reluzentes azuis.

...

Jonas se aproximou, trouxe três anéis de ouro com escritas angelicais e colocou em nossas mãos e disse:

— Nosso elo está completo! Que a luz os guie para a vitória!

Gradualmente, nossas auras foram diminuindo, até cessar por completo. Agora estava tudo consumado! Somos legítimos filhos da luz! Com nosso poder! Traremos luz onde há trevas e derrotar de vez as legiões infernais.

CAPÍTULO 14 ALASTOR, O DEMÔNIO DA VINGANÇA

De fora de nossa cidade, o cenário é de caos e ruína. O mundo, como nós conhecíamos... Não existia mais! Tudo está imerso em trevas profundas. Seguimos para a nossa primeira missão. Rumo a uma cidade, ao sul da nossa. Perdemos contato com três dos nossos. O local estava apresentando uma crescente movimentação das trevas. Seria uma excelente oportunidade de treinar nossas habilidades. No veículo, estamos no grupo de cinco pessoas. Eu, Julia, Rafa, Petrus e Diana. Petrus e Diana nos acompanhavam caso fosse necessário apoio. Nossos trajes tinham uma tonalidade mais escura, com traços vermelhos contornando todo o traje. Trazemos no peito, o brasão dourado da ordem. Tanto nossos trajes, quanto de todos na ordem, serviam como mantos de proteção no combate aos seres das trevas. O mesmo também ajudava a potencializar nossas habilidades angelicais em combate. Com a ajuda da tecnologia, foi possível adaptar a cada biótipo físico de quem a veste. Apesar do grande poder angelical que corre em nossas veias, nosso corpo ainda tinha sua parte mortal. Já estávamos próximo à cidade, de longe já víamos uma densa nuvem negra que se concentrava sob a cidade. Sentimos uma presença maligna muito elevada e várias outras de intensidade menor. Possivelmente a cidade podia estar sendo guardada por algum dos demônios de

Lilith. Chegamos à entrada da cidade, a destruição do lugar é notória.

Carros engavetados, corpos amontoados. Como os destroços e corpos se alastraram pelo caminho, o cheiro de morte cobria todo o lugar. Decidimos seguir o trajeto a pé.

Petrus e Diana permaneceram no veículo, nos monitorando. Antes de sair ele nos adverte:

— Tenham cautela, a presença maior que sentimos a pouco, pode ser uma grande ameaça. Não se preocupem, estaremos de olho em vocês o tempo todo. Que Mikael os proteja!

— Estaremos bem, estamos confiantes. Digo esbanjando um sorriso. Diana se aproxima de e me beija o rosto dizendo:

— Tome cuidado!

— Fiquei sem graça, mas gostei do gesto. Diana se afastou ao perceber o olhar nada amistoso de Julia.

— Vamos embora! Disse Julia me puxando pelo braço. Julia nos seguiu. Pouco a pouco nos afastamos do veículo e entramos na cidade. Todo o lugar tinha uma atmosfera sombria e pesada. Pelo bairro que passamos, só havia casas destruídas e alguns corpos espalhados. Apesar de todo o cenário, não sentíamos a presença de demônios e até mesmo da presença maligna maior.

— Tem algo de muito estranho aqui. Não sentir nenhuma movimentação das trevas. Quanto a vocês? Pergunta Rafaela.

— Isso também me intriga. Com certeza já sentiram nossa presença. Porque não nos atacaram ainda? Questiona Júlia.

— Isso também me incomoda. Pode ser uma cilada. Espero que a Diana e Petrus estejam bem. Digo apreensivo.

— Ah! Não se preocupe, sua Diana sabe se virar muito bem! Diz Rafa em tom aborrecido.

— O quê? Minha Diana? Nada a ver!

— Ah! Não? De repente um vento gelado, passar por nós. A atmosfera muda.

— Vocês dois! Parem com isso. Adverte Julia. Sentiram? Tem algo vindo.

— Sim, sentimos. Fiquemos em alerta.

De repente, várias presenças malignas são sentidas. Há um tremor! Do prédio ao lado, rompendo as vidraças, demônios surgem pulando em nossa direção.
Rapidamente desviamos do ataque repentino. Formando círculo fechado em posição de defesa. Vários demônios vão surgindo nos cercando.

— Eis a nossa recepção, diz Rafaela.

Duas presenças maiores são sentidas. Dentre eles surgem dois demônios de corpos femininos e de asas medianas. A aparência de ambas é grotesca e lembrava muito a aparência maligna da mulher infernal. Tinham cabelos desgrenhados que se arrastavam pelo chão. Seus olhos são negros como as trevas. Olhavam-nos com fúria e deboche. Foi quando ouvimos suas vozes demoníacas:

— Não são bem-vindos aqui!

— O que querem?

— Viemos libertar esta cidade do domínio das trevas! Disse Júlia. Ambas deram uma longa risada em deboche.

— O que pensam que podem fazer contra nós? Olhe em sua volta! Estamos em maior número! Não temos medo de vocês, filhos da luz!

— Isso é o que veremos demônio! Vocês voltarão para o buraco do inferno! Elevo minha aura. Meu sangue de guerreiro clamava por aquela luta.

— Vocês sofrerão por vir aqui! Cairão igual aos que se atreveram, antes de vocês! Debocha as mulheres infernais.

— Irão para o inferno! Suas almas e corpos vão perecer! Servirão de oferenda para nosso mestre.

— Rafaella e Julia também elevam suas auras, sacando suas armas. Os demônios se agitam! Falam injúrias! Não, ficamos intimidados frente às provocações dos demônios. Antes que elas pudessem dar alguma ordem, partimos para o ataque!

...

— Com minhas pistolas disparo, tiros sem clemência sobre os demônios.

...

— Acerto com violência uma das mulheres demônio na face. Destruindo parte dela. A mesma é arremessada metros à frente.

...

— Salto sobre um grupo de demônios que tenta me subjugar em vão. Com golpes fatais! Cortes precisos de minhas adagas. Os demônios são destruídos, dilacerados.

...

— A outra mulher infernal tenta me acertar com suas garras. Sou muito mais rápido! Sacando minha espada em um corte preciso, arrancando os braços da decadente. Que grita de dor pelo dano causado pelo meu golpe! Por um momento, pensei que nossas forças estavam equiparadas. Entretanto, é visível nossa superioridade.

— Nossa presença crescia sobre a horda demoníaca, todos, um por um, foram destruídos diante do nosso poder. Nossa luz consumia os seres das trevas, nossas auras possuíam um brilho reluzente, tudo é iluminado ante a nossa presença. As mulheres satânicas, entraram em desespero. Seus olhos de trevas, foram tomados de pavor. À medida que eu, Rian e Rafaela caminhávamos em direção a elas.

— Quem são estes? Estes são poderosos! Seremos derrotados! Malditos! Nosso Mestre destruirá a todos.

— Imponentes asas são vistas em nossas costas. Como três raios de luzes, em um ataque rápido e mortal, nós três destruímos as mulheres satânicas, há um grande clarão e logo após o silêncio. Restavam apenas as cinzas evaporando pelo ar.

...

— Após a derrota das mulheres demônios e seus serviçais, partimos para o prédio maior que ficava no centro da cidade. Havia um grande turbilhão negro em volta dele. Uma grande concentração das trevas se acumulava ali. O demônio guardião da cidade está no local com toda certeza. Caminhamos mais algumas quadras, até a avenida principal que levava ao prédio. Andamos mais uns 800 metros à frente. Nenhum ataque durante todo o percurso.

Há um silêncio perturbador. Seguimos até a entrada do saguão, todo velho e destruído, como se houvesse sido abandonado há um bom tempo.

— Algo não está certo! Diz Rafaela parando em frente ao elevador. Sinto como se estivéssemos indo para uma armadilha.

— Também concordo com você, diz Júlia.

— Seja como for, vamos em frente. Estejam atentas.

A porta do elevador se abriu como um convite para a cilada mortal. Entramos e a porta fechou. Sem tocarmos em nada o elevador subiu para o décimo andar.
O último do prédio. As portas se abriram e entramos no andar.
A Escuridão é total. Tudo está imerso nas trevas. Caminhamos mais alguns passos à frente, ainda naquela escuridão total. Foi quando ouvimos uma risada maléfica, seguida de várias outras. As sombras se dissipam, e o aspecto macabro do andar foi revelado para nós. Sentando em uma espécie de trono, o demônio maior mostrava sua face! Seu corpo é uma mistura de um homem magro com patas e garras afiadas, sua face era horrenda, tinha olhos esbugalhados amarelados, seu rosto uma mistura de algum tipo de animal "medonho" de focinho achatado, e presas afiadas, sua aparência também se assemelha a um "troll".
Havia duas adagas negras fincadas em cada lado do trono e um machado avermelhado acima da parede do trono. Possui um

olhar sanguinário e de pura maldade. Também transmitia um ar de ironia macabra. Em toda parede ao nosso redor corpos mutilados petrificados nas paredes. Havia figuras medonhas de pessoas humanas a julgar pelos corpos, mas seus rostos eram deformados e tinhas olhos negros como as trevas. Havia vários deles. A atmosfera ficou pesada e a voz do demônio foi ouvida:

— Ora, ora, devo elogiar vocês por destruírem meus serviçais e chegarem a minha presença. Aquelas imprestáveis não serviam de nada afinal.
Sua expressão diabólica assumiu um tom sarcástico assustador. Ele continuou:

— Vocês diferem dos que tentaram invadir minha cidade. Pelo menos chegaram até aqui. Isso talvez tenha sido pior! Não acham?
Ironiza o ser demoníaco, soltando uma gargalhada sinistra, acompanhado por aqueles seres estranhos.

— O que fez a estas pessoas? Por que estão todas nesse estado? Questionou Júlia.

Ele parou de rir e olhou para Julia fixamente. Seus olhos demonstraram um olhar de malignidade pura, e assumiu uma expressão macabra.

— Eu os corrompi! Na verdade, só liberei o mal que havia dentro deles. Como todo ser humano que já possui as trevas dentro de si, eles concretizaram o resto. Humanos são tão falhos! Corruptíveis! Foi esplêndido! Ver cada um deles, ceder a minha violência! Do pequeno ao maior, do novo ao mais velho! Todos! Sem exceção nessa cidade.

— Seu demônio imundo! Você pagará caro!

Puxo a arma, engatilho e miro o inimigo na menção de atirar, porém, ele assumiu uma expressão mais macabra ainda.
A atmosfera do ambiente fica pesada. As trevas ficam densas.
O demônio exala uma aura maligna. Uma das adagas sai do chão e para instantaneamente na mão esquerda dele. Ele aponta em minha direção e me encara.

— Mas que insolente! Humana tola! Sabes quem eu sou? Sou o rei desse lugar! Pensa que podes me ameaçar? Eu, um dos príncipes de Lilith! Se quiseres tanto conhecer a morte eu lhe mostro!

O demônio desfere mais um golpe violento, tento me esquivar, porém, ele me acerta com um chute violento. O golpe me arremessa contra parede.
O adversário é veloz e parte para atacar-me novamente. Numa velocidade descomunal o demônio desfere um ataque sem piedade avançando com tudo para cima de mim.
Que apenas me defendo do golpe cruzando minhas armas.

A violência do golpe foi tanta! Que me fez dobrar os joelhos, Júlia tenta ajudar-me, mas algo cortante passa por ela rapidamente. Ela interrompe a trajetória com sua adaga.

É a outra adaga do demônio que a ataca com tudo!

Em seguida o machado que estava na parede vai em direção de Rian. Também na tentativa de o acertar.

De repente os seres assumem uma postura demoníaca e começam a nos atacar. Uma batalha começa.

— Não dessa vez Alastor, maldito!

Há um ressoar estridente, seguidos de uma faísca. Eu intercepto o ataque com minha espada, me colocando entre ele e Rafaela. O choque das lâminas efetua um clarão, elevo minha aura, o impacto do meu golpe é mais forte! Conseguindo o retroceder do demônio.

No outro lado do saguão, uma repentina luz forte! Ilumina o ambiente, fazendo as trevas do lugar recuar por completo.

Os seres falam blasfêmias! A responsável Julia está de pé com as adagas em punho, pronta para mais um embate.

O demônio parece não se intimidar, pelo contrário, sua expressão ganha novamente, aquele ar de deboche macabro.

— Seus malditos! Creio que será divertido esse embate. Vocês se mostraram dignos de minha fúria. Destruirei vocês! Permita que eu, Alastor! Demônio da vingança lhe mostre o caminho mais curto para o inferno!

Sua face muda completamente! Seus olhos esbugalhados amarelos ganham uma cor vermelho sangue! Sua face agora é de um demônio violento e assassino. Uma vestimenta vermelha escarlate cobre seu corpo. Rafaela se levanta, e olha o Demônio com fúria.

— Acabaremos logo com esse filho da mãe!

— Você está bem? A pergunto preocupado.

Ela responde com um sorriso:

— Ficarei melhor, depois que mandar essa cara medonha dele, pelos ares!

Eu apenas dou um sorriso, em sinal de aprovação.

Julia olhando para nós diz:

— Pode deixar esses demônios comigo! Eu já estou cheia desse lugar! Julia parte com fúria destruindo os decadentes.

O demônio nos encara agora de posse de suas adagas. Ele nos convida para o embate: — Venham seus tolos! Quero a cabeça de ambos em cada uma das minhas lâminas!

— Isso é o que veremos!

Expandindo nossas auras. Juntos, eu e Rafaela entramos no embate contra o demônio.

Em ataques combinados e simultâneos. O ser demoníaco nos encara e se mostra um oponente a altura. Nossas velocidades estão equilibradas.

A cada golpe, o reluzir do choque das lâminas e o zunir das balas de Rafaela, a qual o demônio consegue repelir com muita habilidade. Em um certo momento, Rafaela consegue ser mais rápida, atingindo o ombro esquerdo do demônio rompendo parte de sua vestimenta. O impacto do tiro o faz ser arremessado para o trono. Ele grita de dor. Alastor, atônito, se levanta, segurando seu ombro que escorria o sangue negro na cavidade de sua vestimenta estilhaçada pelo tiro. Ele incrédulo parece não acreditar que foi atingido. Ele olha-nos com fúria e ódio.

— Sua vadia! Você vai pagar por isso!

Ele solta um grito gutural perturbador.

— As trevas parecem novamente tomar o lugar. O ser demoníaco torna-se mais asqueroso e macabro que antes, tomado de uma fúria descomunal, ele parte para cima de nós. Numa velocidade que nem sequer percebemos. Ele consegue acertar Rafaela no ombro com a adaga, desferindo em seguida um soco violento em Rafaela. Sendo ela arremessada bruscamente contra a parede. Em seguida o demônio me acerta ferindo minha perna, e golpeando também meu rosto com um pontapé me jogando para próximo de Rafaela. Julia vem em nosso socorro, porém o machado de Alastor a acerta as suas costas, o demônio aproveita para golpear ela fortemente no estômago e segurando sua face a arremessa contra a parede. No veículo Diana presente que estamos em apuros, porém um grupo grande de demônios cercam o veículo atacando-a. Ela e Petrus, ambos entrarem em batalha.

...

Por um momento parecemos estar desacordados. Não estamos mais em luta contra o Alastor. Vimos novamente nossa cidade. Naquela noite infernal que encontramos Rafaela. Compartilhamos a mesma visão. De volta a Recife, vimos todo aquele caos! As trevas dominando tudo e os demônios dilacerando as pessoas. Vimos, então, Rafaela e uma moça com ela. Desesperadamente tentando se livrar dos demônios. O grupo está atacando ambas. Rafaela no ataque é arranhada, jogada contra a parede em seguida, batendo com a cabeça e desmaiando. Tamanha violência do ataque. A moça ao observar a cena, se joga na frente de Rafaela, e não permite que eles continuem a atacá-la. Os Seres se voltam contra ela. Um ser medonho aparece, os outros se dobram. Interrompendo a ação. É Alastor a figura demoníaca venerada por eles.

A moça cai de joelhos, por conta dos ferimentos. O demônio fala:

— Mas, o que temos aqui? Uma mortal imunda tentando em vão, proteger a outra.

— A menina tinha medo, mas encarou o demônio.

— Deixe a gente em paz! Se afaste... não posso permitir! Que vocês machuquem minha irmã.

— Não deixará? O demônio riu com crueldade. Numa velocidade incomum, antes que ela pudesse ver. O demônio está à sua frente. Com suas garras, rasga sua blusa cortando sua barriga e seus seios, que ficam desprotegidos. O ferimento fez a menina gritar de dor, mas não saiu de perto de quem queria proteger.

— Humana tola! Eu não preciso de sua permissão para nada! Realizemos um trato? Sua expressão era macabra e irônica. A sua vida pela dela! Se você se entregar para mim. Poupo a dela. Agora se insistir... Mata você! Depois acabarei com ela lentamente.

— A moça ferida olhou para a menina caída ao chão. Lágrimas escorriam pelo rosto dela. Ela se aproximou, acariciou o rosto dela e a beijou na bochecha. Eu te amo rafa! Te amarei sempre! A moça vira-se para o demônio e diz:

— Agora, leva-me com você!

O demônio tinha um ar maligno e macabro. Ao vê-la entregue sem esperança. O mesmo puxou para perto de si, gravando as unhas vagarosamente nas pernas da moça rasgando as calças que ela usava. Com um ar de triunfo! Com ela em seu poder, desapareceu por completo. Os outros demônios avançaram com tudo para cima da Rafaela que estava no chão, desmaiada. Portanto, um forte clarão envolveu a moça, seguido de uma forte explosão, destruindo aquelas criaturas

....

Agora, somos levados para outro lugar. O local fica em um lugar longe da região metropolitana, lugar de matas, vimos duas mulheres lutando bravamente contra o Alastor. Elas estavam em vantagem, contra o demônio. Ele já estava quase derrotado, quando ambas são subjugadas por um ser mais imponente que Alastor. Possuía uma imponente armadura e tinha grandes asas tão negras quanto o restante de sua vestimenta.
O Anjo sombrio imponente acerta ambas pelas costas fatalmente! Levando-as ao chão.
As duas apenas olharam uma para outra e sorriram. Conseguiram ainda dar as mãos. Trocaram uma última palavra e morreram.

...

Atônitos nós três, levantamos, sentido ainda os ferimentos causados por Alastor.

— Rian o que foi isso que acabamos de ver? Pergunta Júlia. Rafaela com lágrimas nos olhos diz:

— Então foi isso. Foi assim que minha irmã me protegeu. Ah! Seu filho da mãe! Karina minha irmã! Alastor! Você me paga! Como você pôde?

Eu me aproximo dela e a envolvo em meus braços, ela chora.

— Sinto muito rafa!

Julia se aproximou dela e também a abraçou. Chorou com ela. Naquele momento, a dor que sentimos é insuportável. Diana, conectada mentalmente conosco, também chorou.
O demônio tinha um sorriso na face diabólica. Parecia estar satisfeito. Bruscamente o ambiente muda. As trevas que antes pareciam dominar todo ambiente, são diminuídas rapidamente. Uma forte luz começa a iluminar o ambiente. A noite parece se tornar dia. Para o espanto do demônio, aquela intensa luz vinha de nós. Estávamos diferentes. Uma crescente aura nos envolvia, chamas ardiam à nossa volta. Imponentes asas brandiam. Um temor começou a se apossar da criatura.
Os demônios de Alastor se recolhiam de medo.

— Alastor seu maldito! Esbravejou Rafaela. A dor que minha irmã sentiu, você vai sentir!

— Caminhando mais um passo à frente, eu encarei o maldito.

— Aquelas duas mulheres... Que vocês mataram covardemente, uma delas, é a minha mãe! Marta.

— E a minha... Maria, completou Julia.

— Agora tudo faz sentido para nós! Elas deram suas vidas por nós. Você pagará caro!

Antes que Alastor e seus demônios pudessem fazer algo. Há uma forte explosão! O demônio e seus serviçais são jogados para fora do prédio.
Caminhando mais um passo à frente, eu encarei o maldito.
Atordoado, o demônio se levanta e fica assustado ver três grandes seres brilhando como o sol varrendo toda escuridão daquele lugar.
O demônio incrédulo vê todos os seus serviçais serem reduzidos a pó, por Julia. Ele pensa em avançar, mas sem dar conta, o demônio é acertado várias vezes por Rafaela. Os tiros abriram vários buracos no ser maligno que uivava de dor. Várias explosões ocorrem no corpo do demônio que jorra seu sangue negro. Em seguida Julia acerta ferozmente, arrancando primeiro os punhos dele e em seguida o braço direito. Ela ainda o golpeia com violência no estômago.

O demônio é jogado metros à frente.

O mesmo entra em desespero e uiva de dor. Em seguida o demônio é acertado, por mim.

Que lanço fora o seu braço esquerdo! Continuamos o ataque por diversas vezes.

A imponência do demônio estava reduzida a quase nada. Do corpo grotesco. Só restava o tronco e a cabeça.

— Calibro minha arma apontando para a cabeça do ser maligno, que está apavorado.

— Teu reinado macabro e sua violência acabam aqui Alastor. As pessoas que mergulharam em trevas, estão libertas. Então, puxo o gatilho e estouro a cabeça do demônio. Calibro novamente... efetuando O segundo disparo. Destruindo por completo o demônio da vingança. Seu corpo vira cinzas.
Todas as trevas do lugar desaparecem. A cidade mergulhada em trevas, agora está livre.

— Lágrimas escorriam livremente dos meus olhos. Viro para Rian e Julia, estendendo os braços. Só queria abraçar a ambos e sentir o abraço deles. Eles caminham ao meu encontro e nos abraçamos. Permanecemos abraçados. Lágrimas corriam livremente de nossos olhos.

— Sinto muito pela perda de vocês. Obrigado por me salvar e me trazer com vocês. Prometo, que juntos acabaremos de vez com as trevas! Trazer luz novamente para este mundo.

— Com toda certeza. Ninguém perderá mais ninguém! Digo abraçando ainda mais forte as duas.

— Petrus e Diana chegam ao local. Apesar da vitória, a verdade foi dura demais para se comemorar. Ela se aproximou e carinhosamente fez um afago em cada um de nós.

— Estamos felizes que estejam todos bem. Lágrimas escorriam dos olhos dela. Petrus com um tom de voz triste nos diz:

— Vamos para casa!

Fomos caminhando rumo ao veículo. Antes de ir, tive uma vontade súbita de olhar para trás. Por um segundo, tive a nítida impressão de ter visto a imagem de minha irmã sorrindo.
Colocando a mão em meu peito, fechei os olhos e realizei uma pequena oração.
 Ao abrir os olhos, constatei que a imagem dela sorrindo ainda continua ali sorrindo para mim. Então digo:

— Também, te amarei para sempre! Karina.

A SAGA DAS TREVAS CONTINUA....

www.ingramcontent.com/pod-product-compliance
Lightning Source LLC
LaVergne TN
LVHW051445170726
843492LV00002B/556